異世界で仙王の愛され猫になりました

ナツ之えだまめ

幻冬舎ルチル文庫

CONTENTS ✦目次✦

異世界で仙王の愛され猫になりました

✦カバーデザイン＝久保宏夏（omochi design）
✦ブックデザイン＝まるか工房

イラスト・石田恵美✦

異世界で仙王の愛され猫になりました

■はじまり

睡蓮《すいれん》の池を竜が泳いでいる。

それは、薄紙に描かれた絵であるのに、ふいに飛び出し、室内を飛び回った。

須弥山《しゅみせん》は高くそびえ、笑い声が満ちる。百葉界《ひゃくようかい》は青龍国《せいりゅうこく》、翠雨苑《すいうえん》の今日。

■01　夜の神社とスケッチブック

五月の深夜。

満月が夜空にかかっていた。地方都市にあるその神社は、うっそうとした森の中にあった。その森の細い裏道を、足早に歩いている者がいた。街灯などない、かろうじて人がすれ違えるほどの未舗装道だ。満月でなかったら、途方に暮れたかもしれない。

彼の名前は、伊波《いなみ》カナメ。この四月に高校三年になった。

着用しているのは、高校の制服である黒の詰め襟《えり》だ。

凛々《りり》しいが、十八歳にしては幼い顔立ちをしている。黒い髪は校則に決して引っかからない長さにしてある。茶色の瞳は、前をひたと見据えていた。

彼の表情はかたかった。唇を強く引き結んでいる。ほどけば、なにか、意に染まぬ声をあげてしまいそうだというような様子だった。

胸の前で、ひしと両腕で抱きしめているのは、黄色と黒の表紙のスケッチブックであった。カナメは、親戚の家から出てきたところだ。この親戚の家に来て、半年ほどになる。勉強ばかりしていた。なので、カナメが知っているこの町は、駅から家までだけで、この道を辿《たど》るのも初めてになる。

第一、こんな大きな森を擁する神社が近くにあることさえ、知らなかった。

「……っ！」

なにか悪態をつきたい。「ばかやろう」とか、「ひどいや」とか、「こんなのないよ」とか。だが、そのために口を開いたら、そのときには、違うなにかがこぼれそうで恐《こわ》い。だから、カナメはなおいっそう、その唇を強く噛《か》んだ。血が出そうなくらいに。

カナメの両親は、カナメが十歳のときに交通事故で死亡している。幸い、両親は愛する一人息子のために、過ぎるほど多額の遺産を残してくれていた。カナメが学生のあいだ、養育をすれば、その一家には月にかなりの額が支払われることになった。

それがよかったのか。悪かったのか。カナメは、あちこちの家をたらい回しされる羽目になった。

カナメから言い出して「暇乞《いとまご》い」した家もあるが、たいていは、こんな具合だ。

ある親戚がカナメを養育しだす。月々にもらえる手当に、明らかに財布の紐《ひも》が緩くなり、車を買い換えたりする。そうなると、あそこは羽振りがいいようだと別の親戚が物言いをつけてきて、大揉《も》めに揉めたあげく、違う親戚に引き取られることになる。

最初は、どうしてそうなるのか、わからなかった。やがて、事態と結果間の道理、ブラックボックスが見えてきた。

親戚の人たちはみな、カナメのことを「お金が出てくる袋」みたいに扱っていたのだ。叩けばお金が出てくる、魔法の袋。

カナメが傷つきやすい繊細な心の持ち主であることなんて、彼らにはどうでもよくて、むしろ、面倒くさいとすら思っているのだ。

けれど、とうとう、カナメは先日、十八歳になった。自分で財産を管理する権利を得た。むろん、親戚は横やりを入れてくるだろう。争うのはカナメの本意ではない。

なのでカナメは、弁護士と約束していた。

親戚一同が納得するようないい大学に行ったなら、自立できるように取り計らうし、反対する者を説得すると。

大学受験まで、あと少しだ。

それが終わったら、ただ一人の伊波カナメになれる。親戚の世話になんて、ならなくて済む。可哀想《かわいそう》な子だから引き取ったのよなんて、顔をさせない。お父さんとお母さんがいっしょうけんめい働いて貯《た》めたお金を、散財させたりしない。

それまで、我慢。我慢だ。

そう、思っていたのに。

今日、予備校から帰宅したら、親戚の三歳の子どもが自分のスケッチブックをぐしゃぐしゃにしていた。よりによって、一番大切にしていた一枚が、もっとも被害が大きかった。

部屋の鍵《かぎ》はかけておいたはずだ。

だが、遠縁のおばは掃除と称して、しょっちゅう、カナメの部屋に入っていたし、そのあと、鍵をかけ忘れることも多々あった。わざとなんじゃないかと勘ぐるくらいの頻度だった。

無言でスケッチブックを取り上げた。子どもは、「見てたのに」と文句を言い、泣きだした。

「気に入っているんだから、見せてあげてよ。お兄ちゃんでしょ」

そう、おばは言ったが、はたかなかっただけ、褒めてほしい。

だいたい、その子がしていたのは「スケッチブックをもみくちゃにする」であって、「見ていた」のではない。加えて言うなら、その子どもより年上ではあっても、カナメは決して、「お兄ちゃん」ではない。

そのまま、きびすをかえすと、靴を履いて出てきた。

スマホも財布も置いてきてしまった。ここからどう帰るかも心許《こころもと》ない。

「現代人は、弱いものだな」

ぼそりと口にしたそのときに、ぽんと神社の境内に出た。なかなか立派な本殿が建っている。前方には鳥居があり、石造りの狛犬《こまいぬ》二匹が、こちらがわに尻を向けて鎮座していた。

「狛犬……？」

犬にしては、耳が長く、尻が丸く、尻尾《しっぽ》が短い。

前に回って、納得した。並んでいたのは、狛犬ならぬ、狛兎《こまうさぎ》だった。台に白兎神社と銘が見える。これは、「はくとじんじゃ」と読むのだろうか。

カナメは本殿の階段に座り、スケッチブックをそっとあけた。

「……たいせつに、してたんだけどな」

子どもが手が届かないところに置いていたのに。ただ、自分でたまに見るために、取り出せる場所ではあった。

ぜったいに出せないようなところにしまって、厳重に鍵をかけておけばよかった。

——カナメは、絵が上手ねえ。

母親の声がする。

——これなんて、そっくりだな。

父親の声が唱和する。

よくのばしてみた。これは、父親と母親の絵だ。二人を見て、いっしょうけんめい描いたのだ。十歳の幸福な、自分の描いた絵。熱心さと、愛情と、これを見て喜んでほしい気持ちがあふれている。

それが、ぐしゃぐしゃになっている。

もう、戻らない。

光の中の家。守られている頼もしさ。

今は、この絵の中にだけ、あるものだ。

両親が亡くなったとき、自分は泣かなかった。

「大丈夫か」と問われて、「大丈夫です」と大嘘をついた。大丈夫なわけがあるか。自分を今まで温めてくれていた、太陽みたいな存在。いっぱいの愛で自分を照らしてくれた人たち。

それを失ったんだぞ。


そのような境遇であったのに、カナメがぐれず、むしろ冷静な品行方正さを保ってきたのは、ひとえに意地からだった。なにかまずいことをして、だれかに「ご両親の教育が悪かったのね」なんて言われたら……――そんな事態は一度もなかったのに、そうなったらと思うだけでカナメの腸《はらわた》は煮えくり返りそうになる。

カナメには、友人がいなかった。転校が多かったから、あえて友人を作らなかったのもあるし、自分に近づかれたり、興味を持たれたりするのも苦手だった。

そんなふうにして、鎧《よろい》をまとい、意固地《いこじ》になって、この歳《とし》まで来た。正しいことをしていたら、なにかを証明できる気がした。もっと言えば、あの日々を取り戻せる気がした。

これだけがんばったご褒美がもらえるんじゃないかと、そんな愚かしいことを考えていた。

けれど、今、このとき、カナメは思い知っていた。

全部、むだなんだ。戻らないんだ。

たかが、絵。

それを、しわくちゃにされただけ。

けれど、なんだか、この絵によって、返らないものを思い知らされた心地がした。


悲しみが、八年遅れて訪れた。

じわりと涙が浮かんできた。

自分の描いた両親の、その顔がにじむ。

「だめだ。涙を落としたら。いっそう、歪《ゆが》んでしまう」

そう口にして、必死にこらえて、袖口で涙を押さえた。

泣いたってどうにもならないんだから。

どうしようもないんだから。

ああ、もう、何も考えたくない。

――猫になりたい。

カナメは、心底、そう願った。

だれかに飼われて、自分ではなにも決めなくていい。意地を張らなくても、飼い主が近くにいて、声をかけてくれたり、撫《な》でてくれたり、ごはんを用意してくれたりする。ただ、甘えてごろごろしていればいい。

「ははっ」

ああ、こんなことを考えるなんて。自分はそうとう疲れているんだな。

――聞き届けたり。

バタッと手からスケッチブックが落ちた。今のなに？　誰の声？

周囲を見回す。

白い影が、すーっと膝を撫でていった。

カナメは目を見張る。自分の前にはいつの間にか、白い兎がいた。

「え、え？」

――なんで兎？

もしかして、ここが白兎神社だから？　それにちなんで、兎を放し飼い？　でも、だけど、この兎、輝いて見える。

今日のこの満月、やたらとまぶしい月のせいかもしれないけど。

兎は、カナメのスケッチブックを口に咥《くわ》えたまま、走り出した。ときおり、こちらを振り返っては、また跳ねるようにして駆けていく。スケッチブックは、兎にしてみれば、たいそうな重さだと思うのに、軽々と運ぶ。

とにかく。まずは、スケッチブックを返してもらわなければ。

カナメは、必死にあとを追う。兎は、森の中に入っていった。

「返して、それは、餌じゃない！」

ふいに、足元がなくなった。穴？　こんなところに、穴。

子どもの遊びか、獣退治の落とし穴か、はたまた、植樹予定なのか。

なんでもいいけど、危ないだろう。カナメは、次に来る衝撃に備えた。だが、身体《からだ》はどこまでも落ちていく。

空気の匂いが変わったのが感じられた。澄んだ空気。高原に遊びに行ったときのような、すがすがしい匂い。

——どういうことなんだ？

だが、カナメが口にできたのは、こうだった。

「にゃあああああ！」

にゃあ？

■02　仙王と子猫

ここは、百葉界。青龍国の仙王宮《せんおうきゅう》。その名も翠雨苑。名前の通り、緑鮮やかな睡蓮の葉が、池を一面に覆い、朝には大輪の花を咲かせる苑《その》。

その、翠雨苑の中庭では、宴が行われていた。

壇上におられるのは、仙王であるロンユー真君《しんくん》である。真君とは、この百葉界では、須弥山に足を踏み入れることが許された者に対する尊称である。

ロンユー真君は、赤みがかった長い髪を後ろ高めの位置でくくっている。

初夏とはいえ、夜風はまだ肌寒い。なので、着物の上から上着を羽織り、下は袴《はかま》を着付けている。衣《ころも》の色は漆黒。瞳と同じである。

袖や裾には金糸で花や蝶の縫い取りがされている。さらに、珍しい貝殻を細かくしたものを縫い付けてあるため、夜目に輝き、きらびやかであった。

ロンユーは片膝を立てて、脇息《きょうそく》に身をもたせかけていたが、ともすると寝入りそうになってしまう。

――ああ、退屈だ。

その表情を見咎《みとが》めて、文官筆頭のホンイエンが「あと少しですから、我慢なすってください」と注意する。

ホンイエンは下は裳《も》と言われる筒状の外衣、上は文官のしるしである赤い衣をまとっている。若いのだが、その薄い唇から発せられる言葉は正確無比で、翠雨苑の事務方すべてを掌握している。

ふと気がつくと、ロンユーの前に兎がいた。

それは、そこまで珍しい光景ではない。兎は天帝《てんてい》の使者だ。

この翠雨苑では、たびたびその姿を見ることがある。珍奇なのは、兎が本を口に咥えていたことだった。兎はつっと、ロンユーの前にその本を置くと、どこかに消えていった。おおかた、用事が済んだので、須弥山 頂《いただき》に住む、主《あるじ》たる天帝の元に帰ったのであろう。

その本を手に取ると、裏に名前らしき文字が書いてあった。異国の文字だ。ロンユーには読めない。

「あとで、文章《もんじょう》博士にでも聞いてみるか」

天帝からの使わしものだ。慎重に開いてみる。

「これは」

中の紙が、かなり皺《しわ》になっていた。誰かが戯《たわむ》れにぐっと力を入れて紙を握り込んだようだった。

「この二人は、夫婦か……？」

ずいぶんと拙《つたな》い絵だ。それゆえに真剣さが伝わってくる。もしや絵を描いたのは、この二人の子どもなのではないか。そんな想像をしてみた。

「ロンユー様、そちらは？」

「ホンイエン。だいじない。天帝からの賜《たまわ》り物だ。これは、大切に保管しておいてくれ」

「はい」

――そうか。今宵は稀月《まれづき》の朔《さく》であったな。

ロンユーは月を見上げる。

大きな満月が宴を照らしている。

天帝の恵み、とりわけ深い夜。

稀月には、月は欠けぬ。違う世界と繫《つな》がるという嘘か真かわからぬ言い伝えまである。

そうであれば、この退屈を紛らわせるなにかが降ってでも来ぬだろうか。

そうでなかったら、俺はもう……――

手のうちにある、硝子の杯《はい》から、ロンユーは冷や酒をあおる。そうして、今一度、満月を見上げたときだった。

楽器を演奏していた姫たちから、悲鳴が上がった。演奏は中断され、彼女たちは裳裾をからげんばかりにして、逃げにかかっている。

「なにか、動物が」

「魔物が空から降って参りました」

「あれ、あそこに」

青い詰め襟に袴姿の武官たちがなだれ込んだ。

武官筆頭のナガライが、「失礼いたします」と言って、ロンユーの前に立ち塞がる。いかに仙王となってから長いとはいえ、ナガライよりは自分のほうが腕が立とう。ナガライは、すでに壮年の域に達している。

そうは思ったが、ようやくその地位に就いたナガライの矜持《きょうじ》を傷つけては申し訳ないので、ロンユーはおとなしくそのままの姿勢でいた。

ナガライの隙を突くように、黒い疾風《しっぷう》が通り過ぎようとした。すっと手を伸ばすと、ロンユーはそれを捕まえ、持ち上げる。

温かく柔らかい毛並みの感触がある。

それは、黒い子猫だった。持ち上げられたことに驚いたように、子猫はぐんにゃりと身を伸ばし、茶色の目がめいっぱい開かれる。それから、盛大に暴れ出した。


少々、時間は遡《さかのぼ》る。

カナメは下へ下へと落ちていっていた。

——にゃあ？　にゃあってなに？　にゃあって。

手を見る。ふくふくした足。黒い毛がつややかだ。

「んにゃにゃにゃにゃ？」

猫。猫だ。神様はいるのか。猫になりたい。確かに先ほどはそう願ったが。

どど、どうしよう。すごく落ちている。いかに猫だとて、この高さはとんでもないのでは。しかも、自分は猫の初心者、うまく着地できる自信はない。頭から落ちてしまったらどうしよう。

そう思ったのだが、地面が近づいてきたときに、急に落下スピードは弱まった。ふわふわと漂う感じになった。

——しめた！

カナメは、足をくるくる動かしてみた。泳ぐように、身体を回転させる。足側が下になる。

そこでようやくカナメは、落ちついて下を見ることができた。

なんだか、お祭りをしているみたいだ。

かがり火が明るい。

穴の中とは思えない広さがある。

中国の歴史もの映画みたいな服装と建物。のびやかで、かろやかな、琴や笛の音。それを奏でているのは、麗《うるわ》しい美姫たち。

まるで、夢幻《ゆめまぼろし》のような光景だ。

その演奏者の真ん中に、すぽーんとカナメは落ちた。

たちまち、悲鳴が上がった。

彼女たちは、楽器をその場に残して、裳裾をひるがえし逃げていく。かわりに、入ってきたのは青い服を身に纏《まと》った屈強な男たちだ。

「つかまえろ！」

「どこから来た？」

「つまみ出せ！」

男たちは、手に大きなフォークみたいな武器を持っている。武人らしい。あれで突かれたら、相当に痛い。それどころか、致命傷になってしまう。

どこか。どこか、逃げるところは。

カナメは、一段高いところにいる男を見た。男はぼうっと脇息に寄りかかっている。彼の前には、青い服の武人が控えていた。背後にいる人は、きっと偉い人なのだろう。

一番、隙があるのはそこに思えた。

必死にカナメは走った。

脇息の脇を走り抜けた。と思ったのだが、正確に首根っこを掴《つか》まれた。

——嘘。

今、手が届きそうにないところを走ったのに。なんて素早いのだろう。

「ロンユー真君」

正面を守っていた武人が、振り向いて、驚いている。

そのロンユーが顔を近づけてくる。

でかい。猫からしたら、人間は大きいのだが、それにしても、肩幅ががっちりしている。顔がいかつい。

恐い。

無力感に、脱力した。こいつには、かなわない。そんな気がした。

いや、だめだ。なにをされるかわかったもんじゃない。

離せ。離してくれ。カナメは暴れた。だが、ぶらんとぶらさがった状態では猫パンチも猫キックも、虚《むな》しく空を切るばかりだった。

男がにたりと笑った。

――ひ、ひいいいい！

恐い。相当に、恐い。

人間であれば、みっともない悲鳴となったのに違いない。猫の身なれば、「みうみうみう」という鳴き声が出るばかりだった。

「稀月に降ってくるとは、おおかた異界の猫であろう。これは、いいものをいただいた。またとない、天帝からの賜り物だ」

武官が止めた。

「ロンユー真君、猫は魔物と申します。あぶのうございます」

「ナガライ。子猫一匹、なにが危ないものか」

ロンユーはそう言ったが、今度は赤い服を着た若い人が手を差し伸べてきた。

「ロンユー真君。くせ者の変化《へんげ》かもしれませぬ。せめて、その猫を改めさせてください。こちらにお渡しを」

「いや、いらぬ。ホンイエン。今日はこれで宴は終わりだ」

ロンユーは立ち上がった。

――この男、背が高い。

急に高い位置にぶら下げられ、カナメはびびる。

猫の身体に慣れていない。落ちたら、ケガをするかもしれない。

――と、とりあえず、様子を見よう。逃げるとしても、機会をうかがわないといけないからな。ここがどこかもわからないのに、無闇に動かないほうがいい。

悔しいが、されるがままになるしかない。カナメはぐんにゃりと身体の力を抜いた。

宴会をしていた野外会場からいくつか渡り廊下を通り、別の建物に入っていく。長く歩いた末に辿り着いた部屋の、さらに奥の間にロンユーは歩を進める。

彼は慎重だった。背後の扉を閉め、窓を確かめたあと、カナメを床に下ろした。カナメは、部屋の端まですっ飛んでいった。

——ここなら、すぐには手が届くまい。

端っこで壁に身をつけていると、すこし落ちつく。

——こいつ、なんのつもりでぼくをここまで連れてきたんだ。だいたい、ここはどこだ？

この男の考えがわからない。

男は、腰を低くして、ただじっとこちらを睨《にら》んでいるばかりなのだ。

一匹と一人の、長い睨み合いが続いた。

それが途切れたのは、外から「失礼いたします」と声がかけられたからだ。そういえば、言葉は、日本語ではない。なのに、ちゃんとわかる。

——いったい、どういうことなんだ？

考えを巡らせようとしたのだが、鼻腔《びこう》をくすぐる香りにカナメははっと、身を起こした。

いい匂い。

ごはんの匂い。お魚の、匂い。

「腹が、減っているだろう？」

そう言って、ロンユーは皿を持って、カナメの近くにしゃがみこんだ。

「そら、ここに置くぞ。食べるがいい」

凄みの利いた笑みを浮かべる。

皿の覆いが外された。

ふわあああ、なに、これ。

もう、だめだあ。ふらふらと近づいていく。前足でツンツンとつつく。

鼻を寄せてみる。たぶん、魚を煮てほぐしたものだと思う。アジに煮た香りがしている。

猫の身には、なんとも魅力的な匂い。

だが、ロンユーと呼ばれたこの男がめちゃくちゃ、睨んでいる。食べにくいことこのうえない。

だが、本能が勝った。ようは、腹が減っていたのだ。

一口、食べる。

「どうだ?」

人間だったら、「うまっ、うまっ、うまいーっ!」と連続で言葉を発していたことだろう。

おいしい。

はしたないが、猫だからしょうがない。カナメは頭を皿に突っ込んで夢中で咀嚼《そしゃく》した。

そういえば、夕食は帰ってからと思っていたから、昼からずっと食べていない。おなかがすいているはずだよ。

カナメは食べた。食べて、食べて、食べた。最後には皿を舌で舐《な》めた。

ようやく人心地、いや、猫心地がついて、ふにゃあと身体の力を抜いたとき。カナメに異変が生じた。

――息が、苦しい？

立とうとしても、果たせない。足は、四本もあるのに。力が入らない。腹を床につけて、ぐったりと脱力してしまう。このまま、はかなくなってしまいそうだ。

――ああ、そうか。

カナメは得心した。

――毒か。毒を盛って、苦しむ猫を見て楽しむのか。なるほどな。そうでもなければ、いきなり落ちてきた得体の知れない猫に、こんなうまいメシを食わせるわけがないもんな。は、ははっ、やられたな。油断した。ぼくともあろうものが。

カナメは、床に爪を立てた。

――ぼくのこのさまを見て、喜んでいる嗜虐者《サディスト》め。くそう、死んだら化け猫になって、出てやるからな。そして、毎晩毎晩、おまえの枕元で般若心経《はんにゃしんぎょう》を唱えてやる。

ロンユーに持ち上げられた。

彼は、恐ろしい顔をしている。それが、ぐぐっと近づいてきた。

なにをする気だ。そうか。この苦悩する顔をもっとよく見ようというわけだな。悪趣味な。

しかし、ロンユーがしたのは、まったく違ったことだった。彼は、カナメの突き出た鼻先の下、口元におのれの唇をつけてきた。

——ハアアアア？

なにすんだ、この男は。

呼気が入ってくる。

——これは、接吻《せっぷん》か？

長く、親戚渡りをしてきた。親戚筋の中には、同情するふりをしてこちらの身体にさわってこようという、とんでもない変態野郎もいたのだが、即座にスマホで証拠を固めて、弁護士に告発。社会的に抹殺してやった。

だが、まさか。

猫を手籠《てご》めにしようという、ドのつく変態がいようとは。

カナメは、必死に抵抗した。

だが、ロンユーはカナメを抱き上げ、よりいっそう息を吹き込んでくる。カナメがロンユーの腕に深く爪を立てても、決して力を抜かない。

——なんてことだ。

ファーストキスに憧れるような可愛い性格ではないが、それにしても猫になっているときに、むりやり知らない男に奪われるとは思わなかった。

自分の人生、ままならないことばかりだ。

——？？？

だが、どうしたことだろう。

――鼻から、息ができるぞ。

さきほどまでは、あれほど苦しかった呼吸が楽になっている。そう思ってロンユーの顔を見る。

ロンユーは目を閉じていた。端正な顔にカナメは見とれる。

その目が開く。黒い目と真正面からぶつかる。

彼は肩の力を抜いて息を吐いた。どうやら、ほっとしたようだった。彼はカナメを下におろす。

――？？

今のは、いったい、なんだったんだろう。

息が苦しくなって→接吻して→治った。

だが、もう、ごめんだ。顔を近づけているロンユーに、威嚇《いかく》を試みる。

「ふぎーっ」

また接吻なんてごめんだということを、背中の毛を逆立てて伝えてみる。だが、ロンユーは気にしたふうもない。ただ、黙ってこちらを見ているだけだ。

――こいつ、なんで黙っているんだ。なにか言えよ。猫だからわからないと思っているのか？

自分が人間で、言葉を話すことができたなら、問いかけることも可能だろう。「今のは、どういうことですか」とか。いや、待て。もし、自分が人間であったとしたら、この接吻はよけい大問題ではないか。

わからん。こいつのことが、わからん。

世の中が、いいやつと悪いやつの真っ二つに分かれているなんて、そんな単純なもんじゃないことぐらい、わかっているつもりだ。それにしても、この男のやることなすこと、態度と物言い、表情が、傲慢《ごうまん》なんだか、慎重なんだか、まったくもってわからない。

――得体がしれない。

それが、いちばんしっくりくる。

「そのように警戒するな」

ロンユーはそう言ったが、むしろ、こちらを安堵《あんど》させるなにかを、おまえはしたことがあったのかと、そう問いたい。カナメがあまりにもロンユーを気にしているせいだろう。ロンユーが、顔を近づけてくるようなことは、もうなかった。

侍女が部屋に入ってきて、布団を敷いた。布団ぐらい、自分で敷けよ。他人にさせるなんて、いいご身分だな。

「これが、おまえの寝床だ」

そう言って、カナメは持ち込まれた丸い布団を与えられる。

――ふお？

底のあるドーナツみたいな形をしている布団だ。

大きさは、すっぽりとカナメの身体が入るくらい。足の先でたしたしと叩いてみる。艶《つや》のある布には、草花が染め抜かれていた。

――まさか、とは思うけど。これ、絹か？　猫に小判ならぬ、猫に絹だぞ。

こんな贅沢な布団を与えるなど、なにを考えているのか。それとも、こちらでは、当然の扱いなのか？　いや、猫は魔物とか言われていたよな。

――そこのところ、どうなんだ？

問いただしたいが、「みゅーみゅー」という情けない声にしかならない。

「気に入らないか？」

不安そうな響きをもって、ロンユーが聞いたので、カナメは布団にのって丸くなってみせた。

「そうか。気に入ったか。よかった」

うん？

今、ちょっと。ほんの少しだけど、笑ったような？　悪人めいた笑いではなく、微笑《ほほえ》んだような？

そういう顔をすると、なかなかにいい男ぶりなのではないか。このぼくが見とれてしまったぞ。

が、まあ、それは、気のせいだったのかもしれない。気がつけば、無表情に戻っていたから。

とりあえず、おいしい食事と暖かい寝床にありつけた。猫初日としては万々歳だ。

「うにゅう」

ふわふわした柔らかい寝床は、心地よい。目を閉じると、そっと、薄物がかけられる。

ああ、こうされたのって、なんだか、すごい、久しぶり。


そのせいだろうか。

——カナメったら、こんなところで寝ちゃったの？

——はしゃぎすぎて、疲れたんだろう。そら、運んでやろう。

久しぶりに両親の夢を見た。


夜中に、ふと、カナメは目を覚ました。

まだ半分夢の中にいて、両親が近くにいるような気がした。だが、かたわらで寝ているのはロンユーだったし、自分は子猫のままだった。

薄明かりが灯《とも》るなか、カナメは寝床から身を起こす。ロンユーがかけてくれた薄物が床に落ちた。

——ちょっと表が見てみたい。いろいろと確かめてみたい。

この部屋の外はどうなっているのだろう。天帝がどうとか言っていたな。その天帝とやらが、猫になったことと関わりがあるのなら、ぜひとも直談判《じかだんぱん》したいものだ。

——確かにあのとき、ぼくは「猫になりたい」と願った。

だがあれは、つらいときの弱音に近い。だれだって、するだろう。おそらくは。

明日試験だから、学校が爆破されないかな、とか。

恋人にふられたから、夜が明けないといいな、とか。

会社のだいじなファイルを消してしまったから、地球が終わるといいな、とか。

……まあ、たぶん、そういうことを人生で一度くらいは願うだろう。そんな戯《ざ》れ言《ごと》にいちいち神様だか天帝だか知らないが、応じていたら、人類が何回滅んだって足りない。

どんな偶然があってここにいるのかわからないが、なんとか天帝に会って、帰してもらわないといけない。

カナメはそうっと、入ってきた扉を点検する。両開きでしっかりしまっていて、自分にはどうしようもなさそうだ。こちらはあきらめて、文机《ふづくえ》から窓枠によじ登った。障子みたいな内窓があって、手を突っ込んだら破れた。

——しまった。これはまずいな。こちらの紙がこんなに破れやすいとは。

すっと、背後から身体を持ち上げられる。気配を感じさせない、なめらかな動きだった。

ロンユーだった。

——怒られるのか？

叱咤《しった》に備えて、カナメは首をすくめる。

だが、そうではなかった。

彼は、静かな声で言った。

「ここにおれ。外にいるあやつはな、おまえなど丸呑《まるの》みにしてしまうぞ」

振り返ると、ロンユーの真っ黒な瞳が自分に向けられている。

——こ、恐い！

彼の話に呼応するかのように、外から水の跳ねる音がした。両親と行ったイルカショーの水音に似ていたが、もっと大きい。

ぞくぞくとカナメの背中の毛が逆立った。

カナメは優しくぽんぽんと背中を撫でられ、抱き上げられ、寝床に戻される。

——どうしよう。

ロンユーは、寝具に身を横たえていた。その横顔を盗み見る。

なんでかな。こんなに若い人なのに、人生に疲れているみたい。どこか老人めいた、生き過ぎてしまった疲労感とあきらめが、彼からは感じられる。

——違うから。この人のことが気になってとかないから。

だけど、そんなに大きな生き物がいるなら、出て行くのはまたにしよう。カナメはそう思った。

決して先ほどのぽんぽんという撫で方が気に入ったわけではない。

断じて、そういうわけではない。

■03　猫の名前と井戸の底

我が輩は猫である。

昨夜から、いきなりそうなった。

「起きているか」

カナメはびくっと飛び起きた。逃げるタイミングを逸したカナメを、ロンユーは抱き上げた。

カナメは、おとなしくしていることにした。なにをしても、案外と身のこなしが軽いこの男には捕まってしまうだろう。逆らっても無駄だ。

それより、猫のフリをして、この状況と打開策を見極めるのが賢いだろう。戦略なしに勝利はあり得ない。

ロンユーは、カナメが寝た部屋より奥に歩を進める。

いったい、いくつ部屋があるんだ。無駄だな。人間、立って半畳、寝て一畳あれば充分だ。

ロンユーに連れて来られたのは、おそらく、この男の寝室だろう。大きな寝台がある。自分が寝た部屋は文机やら書棚があったところを見ると、執務室なのだろう。

「そら、おまえ。見るがいい」

ロンユーは自らの手で、天井から床まである引き戸をあけはなった。

まぶしい日の光に、目がくらむ。そして、ようやく焦点が合うようになったとき、カナメの目に飛び込んできたのは池に一面の睡蓮の花であった。大きな平たい葉が水面《みなも》に浮いている。

――なにこれ、なにこれ。

「うにゃーっっっ！」

――なに、これはなに？　ここはどこなの？

うすうすはわかっていたが、今いるところは日本ではない。自分が知りうる、現実のどの国でもない。

異世界だ。

「ここは、百葉界の青龍国が仙王宮、翠雨苑だ」

まるで、極楽浄土に来たようだった。猫である自分の身体がすっぽりと入ってしまいそうな大きな睡蓮の花が、輝き、綻《ほころ》んでいく。そうして、薄桃や紅や白の花が開く。やがて、輝き、散っていく。あとに花びらひとつ残さずに。

カナメはロンユーに抱かれたまま、驚きに口を開いてそれを見ていた。

きれい……。

夢としか思えない美しさだ。

百葉界って言ったっけ。日本にはどうやったら帰れるんだろう。この空の上に帰り口があるんだろうか。そこには、どうやったら辿り着けるんだろう。帰ったら、ちゃんと人間に戻れるのだろうか。

カナメが静かになったので、ロンユーは気になったらしい。

「珍しいのか？」

ロンユーはそう言うと、カナメを抱き上げたまま、階《きざはし》から下に降りた。沓《くつ》を履くと池に向かって歩きだす。そのまま彼は、池の中に入ろうとした。

「みゃー！」

――なにをするんだ。溺《おぼ》れてしまう！

人間の自分はある程度は泳げたが、寡聞にして猫が泳げるという話は聞いたことがない。

「恐いのか？　ならば、こうしよう」

そう言って、ロンユーは自分の着物の前、懐《ふところ》にカナメを入れてくれた。ロンユーの襟にしっかり爪を引っかけて外を見る。なるほど。高さがあって、特等席だ。よく見える。

ロンユーは葉の上に乗った。

――ひ、ひいいい！

一人と一匹の体重を受けても、睡蓮の葉は沈むことなく、ふうわりと池の表面に浮かんでいる。ロンユーは次々と葉を渡る。そして、振り返った。

「あちらが須弥山。天帝のおわすところだ」

そうすると、いやでも、塔のような山が目に入った。朝だというのに、太陽は須弥山の上にある。まるで、太陽が須弥山山頂から生まれたとでもいうかのように。これだけ高い山なのに、山の影はどこにも落ちていなかった。

そして、次にはまた、正面を向いた。翠雨苑のロンユーの部屋と須弥山が背後になる。

「須弥山と翠雨苑は仙境《せんきょう》。こちらからは見えぬが、下ったところに人境《じんきょう》がある。人の住むところだ」

――ん？

カナメは少し、引っかかった。「人の住むところ」？　そんな言い方をしたら、まるでロンユーは人間じゃないみたいじゃないか。

多少……――いや、けっこう、わけのわからない言動をする変人だけど、人間だと思っていたんだけど。

――人間、だよな？

身をよじって、つんつんと肉球でパンチしてみる。うん、人間以外のなにものでもない。

ロンユーの身体が震えた。

「なにをする。くすぐったいではないか」

そう言われて、びくっとする。カナメは慌ててまた前を向いた。

「怒っているわけではない」

そう言って、ロンユーはカナメの身体を軽く揺すってくれた。

ぶっきらぼうで乱暴で顔が恐いのに、こういう仕種《しぐさ》が妙にこまやかなのに、カナメはむしろ戸惑ってしまう。

「見えるか?」

ロンユーが聞いてきた。

――なにが? 人境とやらのこと?

ここは、ずいぶんと高いところにあるんだな。さらに、この睡蓮池はあまりに広い。向こうが見えない。この国にはここしかないのかと思えるほどに。

大きな水音がした。

――な、なに? なんだ?

ロンユーにしがみついた。

昨晩、聞こえてきた音だ。

ザバアと水滴をしたたらせて、噴水のように水が噴き上がった。その中から緑の鱗《うろこ》を光らせて、竜が昇った。

――竜? 竜?

竜は、頭上高く旋回し始めた。長さは三十メートルはあったと思う。竜はたしかにこちらを見た。金色の目とカナメの目がばっちり合った。

――がんつけられてる？

「おまえなんて、恐くないんだからな」と心の中でつぶやいて、カナメはロンユーの着物の中に深く潜る。

再び、水音がして静かになった。そっと顔を出すと、竜はすでにおらず、波紋が広がっているだけだった。カナメは安堵した。

それにしても。

――う、う、うわあ。

竜なんて、子どもの頃に母親が読んでくれた、絵本の中にしかいないものだと思っていた。こんなことなら、ライトノベルや児童文学をもっと読み込んでおくのだった。

戻って、執務室とも、寝室とも違う部屋に入る。サンルームになっていて、睡蓮の池を見ながら食事ができるようになっていた。

卓が出て、ロンユーは粥《かゆ》を食べている。いくつもの具材が用意されていた。野菜、薬味、漬け物、塩、香辛料。それらを自由に粥にのせている。

人間であればおいしそうと思ったに違いない。

ロンユーの隣に低めの卓が置かれ、カナメはそこに乗せられた。カナメの食事が来た。

お魚の匂いが、おいしそう。よだれが垂れてくる。はしたない。

蓋《ふた》が取られる。

カナメはむしゃぶりついた。

——おいしい！

視線を感じた。

ロンユーが、真剣な顔でこちらを見ていた。ずももと擬音がしそうなくらいの粘っこさだった。カナメの口からごはんがぽろんと落ちた。

恐い。顔が恐い。

カナメは、視線をそらし、背中を向け、また食べだした。

相変わらず、この男は、何を考えているのかわからなくて、不気味だ。

いかつくてでかくて、そのくせ素早いのが、妖怪めいている。

いきなり接吻してきたのは理解に苦しむ。

じっとりと睨んでくると、圧倒される。

かと思うとおいしいごはんや寝床をくれるし、抱き上げて庭池を案内してくれる。

撫でる手つきには心遣いを感じる。

あやすように揺すられると安堵する。

一貫性がないのだ。こちらとしては、どういう態度で臨んだらいいのかわからなくて困る。なんだか騙《だま》すようで気が引けないこともないが、どこまで信用できるのか、わからない。危ない橋は渡りたくない。従順な猫の演技をしていたほうがいい。

行動を起こすのはそれからだ。

なんとか人間に戻り、あちらに帰る方法を見つけなければ。そう、自分は伊波カナメ。人間。高校三年の受験生。早く帰らないと、受験に不利になる。

現実だ。現実を見るのだ。

どう考えても今のところもっとも偉そうなのは、この男だ。だとしたら、ロンユー経由で情報収集につとめたほうがいいだろう。

できるだけ、この男の近くにいるようにしよう。


ロンユーは足が長い。

一歩がとてつもない距離がある。

なので、カナメがロンユーについていこうとすると、しょっちゅう、踏まれそうになってしまう。あわやというところでよけること、数回。

「ついてきたいのか？」

なるべく可愛く「にゃーお」と鳴いてみる。

おまえが気に入ったわけではないぞ。だが、とりあえず、おまえの近くにいれば、この国の情報が入るのは間違いないからな。

「そうか……。どうすればいいか……」

ロンユーは、恐い顔をカナメに近づけてきた。また、口をつけられるのかと、カナメは恐怖のあまり猫パンチを繰り出そうしたのだが、そのまえに、ロンユーに抱き上げられ、懐に放り込まれた。

ロンユーは、そのまま廊下を行き、大きな部屋で椅子《いす》に座る。ナガライはじめ武官たちが、ちらちらと、こちらを見ていた。

朝の定例報告に来た文官のホンイエンが「それは……?」と驚いている。

「ゆうべの猫だ」

こともなげに、ロンユーは言った。ホンイエンは手をさしだした。

「こちらにお預かりしましょう」

「いらぬ」

「そういうわけには参りません。もし、この猫が本当は人間で、ロンユー真君に、不埒《ふらち》にもあだなそうとしているとしたら、どうします?」

「この猫が人間……?」

くくくっと、ロンユーは笑った。悪い笑い方だ。悪役っぽい。

――ぼくは、ほんとは人間なんだけど。

もしかして、ここが正直になるチャンスなのか？

このタイミングで激しく鳴いたとしたら、わかってもらえるのか？

「おもしろいな、ホンイエン。そなたがそんな楽しい冗談を口にするとは思ってもみなかったぞ。そうだな。もし、この猫が人間で俺に害をなそうとしているというのなら、直々《じきじき》に相手をしてやろう」

ぞわーっとカナメの背筋を寒いものが通っていった。

そうだ。なにを、正体をばらそうとしているんだ。ぼくが猫だと思っているからこそ、油断してくれるんだ。猫なら、いつでも、どうとでもできるからな。

最初はいい顔をした親戚でも、しだいにぎくしゃくしてきた。

自分の居場所なんてどこにもない。

そうやって、何回も、何回も、失望してきたじゃないか。見知らぬ他人に期待など、するほうが間違っているのだ。

――口をつぐんでいよう。猫のふりを続けよう。

カナメはそう決意した。まだ、ホンイエンとロンユーのやりとりは続いている。

「我が君、そうおっしゃらずに」

「いいと言っている」

ぐっとロンユーがカナメを抱きしめてきた。

――そんなに、強くしないで。苦しいよ。

そう言いたいのだが、猫の身の悲しさ。みーみーみーという、か弱い声にしかならない。

ホンイエンが慌てた。

「ロンユー真君、そのようにしては、子猫が苦しがります」

「ああ、そうか」

ロンユーは、腕の力を緩めてくれた。カナメは、ほっと息をつく。

「この子猫を、飼われる気ですか」

「そのつもりだが？」

ホンイエンが、あきらめたようにカナメを見てきた。

「猫が執務の邪魔をするようなら、つまみだして檻《おり》に入れることをお許しください」

「こいつは賢いのだ。そのようなことはせぬ。なあ？」

檻に入れられるのはまっぴらだったので、カナメは「あうーん」、すなわち、「そうですよ。おとなしくしています」と返答をした。

「ほら、このように言っている」

それからは、ひたすら、会議が続いた。

聞いていると、雨を降らせてほしいとか、西風を吹かせてほしいとか、水が湧くようにしてほしいとか、そんなのは王様じゃなくて神様にお願いしたほうがいいのではないかという議題がほとんどだった。

会議が終わると、謁見の間に移動する。

次々と謁見の者が訪れた。貴族もいれば、商人、学生、村長《むらおさ》もおり、訴えも多岐にわたった。

話の内容を二人の書記官が同時に書きとめている。おそらく、あとで互いの書きつけに齟《そ》齬《ご》がないかどうか、確認するのだろうなとカナメは推測する。

ロンユーの前には床近くまで御簾《みす》という竹ひごでできた暖簾《のれん》のようなものが垂れている。なので、謁見者側から、中は見えないはずだ。だから、彼らがカナメに気がつくことはないだろう。

ましてや、御簾内に座っているロンユー真君が時折そっと、膝にのせた子猫の頭を撫でているなど、予想だにしないだろう。

ロンユーとカナメは、ようやく執務室に帰ってきた。そこで、カナメは床に下ろされる。ロンユーは文机に向かい、書類を改め始めた。

そこに侍女が「文官筆頭ホンイエン様がいらっしゃいました」と告げに来た。赤い服を着て渋い顔をしたホンイエンが入ってくる。

「ホンイエン、どうした？」

「この子猫を、お手元におかれるというのなら、それ相応の身分が必要です。手続きをしておきました。本日より、この猫は、ロンユー真君の一の侍従となります」

——一の侍従？

こいつの部下ということか？

「これはたいした出世なんですよ、子猫くん」

ホンイエンが、カナメに話しかけてくる。

「この青龍国でロンユー真君に仕えたがっている者は、あまたいるのです。これもまた、ロンユー真君の人徳でしょう」

なんだ、このおべっか使い。人徳で人を集める？　そんなできた人間が、いてたまるものか。

ホンイエンがロンユーに訊《たず》ねた。

「ところで、この猫は、名前はなんというのですか？」

「名前がいるか？」

「いります。ないと困ります。侍従の辞令に名前を入れねばなりません」

「そうか。そうだな」

ロンユーは、どんな陳情を聞いていたときより、難しい顔をした。

しばしの沈思黙考ののち、彼はおごそかに口を開いて、大まじめな顔で言った。

「『蕎麦茶《そばちゃ》がら』はどうだろう」

え。どうって。どうって。どういうこと？

このときばかりは、ホンイエンとカナメの気持ちは同じだった。

——ない。それは、ない。

「『蕎麦茶がら』……で、ございますか？」

尊敬する王の言うことだ。ホンイエンには、真っ向から反対できはしない。けれど。けれど。

「そら、目は茶色で、体は黒。色が似ているだろう？」

ロンユーは本心から、その名前がいいと思っている様子だった。

カナメに衝撃が走った。

——ださっ！

信じられなかった。

なんという、ネーミングセンスのなさ。

「蕎麦茶がら」はないだろう。「蕎麦茶がら」は！

ホンイエンも「それは、どうでしょう」と暗に考え直すように進言している。

「いいと思うのだが」

——その名前はいやだあああ！

毛が逆立つのを感じる。カナメは、必死に抗議した。

だが、猫の身の悲しさ。「みゃーみゃー」と鳴くばかりなのであった。

「そうか。おまえも気に入ったか」

このままでは、自分の名前は「蕎麦茶がら」になってしまう。ホンイエンはじっとカナメを見ていたが、「承知しました」と言って、下がろうとした。

承知しないでほしい。そんな名前はいやだ。だが、このままでは自分は「蕎麦茶がら」だ。

そのときに、救いの手が現れた。

侍女が文章博士《もんじょうはかせ》の来訪を告げたのだ。

――文章博士ってなんだろう。

カナメは首をひねる。

ホンイエンが頭を下げて退室しようとしたのだが、ロンユーは止めた。

「蕎麦茶がらといっしょに落ちてきた書物を、解読してもらっていたのだ。二度手間になろう。ホンイエン、おまえもここで、俺と聞くがいい」

カナメは、文章博士というのは、教授みたいなものらしいと見当をつける。

やがて、年配の男性が深く礼をして入ってきた。

「失礼いたします。我が君」

「よい。顔を上げよ」

ロンユーが言うと、文章博士は背後の助手からなにかを受け取った。文章博士が手にしたものを見て、カナメは思わず鳴き声を上げてしまった。それは、カナメのスケッチブックだったのだ。

――どこに行ったのかと思っていたのに。

とりあえず、ここに来る原因になったスケッチブックが無事であったことに安堵する。

文章博士はうやうやしく、スケッチブックをロンユーに渡した。カナメは椅子に座っているロンユーの膝にいたのだが、それを返してほしいとしきりと訴える。

とはいっても、猫の身の悲しさ、ただひたすら「にゃあにゃあにゃあ」と繰り返すのみなのだ。

「どうした？　腹が減ったのか？」

――違う。それは、ぼくの。返して。

「もしかして、おまえの大事な人のものなのか」

それは、半分当たっている。ホンイエンがロンユーに言った。

「ロンユー真君。猫にそのように聞かせても」

「そうか？　蕎麦茶がらは人の言葉をわかっている気がするのだが」

カナメは首をすくめた。ロンユーは鋭い。そう。ぼくは、言葉をわかっている。理解している。

それにしても、おかしい。

他人があのスケッチブックを手にしているのは、決して気分のいいものではなかった。親戚の子どもにぞんざいに扱われたときには、正直言って、ぶん殴りたくなった。

だが、ロンユーが手にしているのは、そこまでいやではないのだ。

ロンユーがとても丁寧にスケッチブックを扱ってくれているからかもしれない。たとえ、こちらの世界のほうが、紙が破れやすいからという理由だったとしても。

それに、ロンユーは珍しく、ほんの少し、口元を緩めている。

「これは、子どもの手になるものであろうか。この者の父と母であろうかの」

ロンユーは、そう言って、カナメの絵をじっと見つめている。

「さ。それは、わかりませんが。その書物の裏側をご覧ください」

ロンユーはスケッチブックの裏を見る。

「異界の文字だな」

「簡単な表音文字のみ、解読できております。それはおそらく、こう発音いたします。『カナメ』と」

ぴくっとカナメの身体が反応した。

ぼくの世界の文字が読めるの？　それってすごすぎない？

ロンユーが、繰り返した。

「カナメ、か」

こちらで、ロンユーにその名前で呼ばれるとは思わなかった。名前の音《おん》というのは、特別なのだとカナメは思い知っていた。彼にその音を発音されると、反応せずにはいられない。尻尾がたしたしたしと動く。

「にゃあ」

思わず、返事をしてしまった。また、ロンユーが聞いてくる。

「カナメ？」

「にゃあ。にゃあ。にゃあ」

たし、たし、たし。

「もしかして、この名前が気に入ったのか？」

「にゃにゃにゃーん！」

そう、それが、ぼくの名前だ。「蕎麦茶がら」なんていやだ。お父さんとお母さんがつけてくれた、大切な名前である「カナメ」と呼ばれたい。

カナメは必死だった。ここで、「カナメ」にならなければ、自分の名前は「蕎麦茶がら」に決定だ。

「そうか、わかった。おまえの名前はカナメにしよう」

ロンユーはうなずきながら言った。

よかった。「蕎麦茶がら」にならなくて。

ほんっとーによかった。

安堵のあまり、カナメの足からは力が抜けていきそうだった。ホンイエンも納得したようだった。

「カナメ、ですか。なかなか、よい響きではありませんか。では、そのように係に申し伝えておきましょう。カナメ、今日からあなたは、仙王ロンユー真君の一の侍従なのですよ。よく仕えるように」

カナメは鳴く。

「カナメ」

ロンユーが呼んでくる。カナメは返答する。

なにがおもしろいのか、ロンユーは何度も何度も名前を呼んでくる。そのたびに、カナメは答える。

ここでサボったら「そうか。やはり『蕎麦茶がら』のほうがよいのか」って言い出しそうだし――……それに、ロンユーに名前を呼ばれるのが、正直言っていやではなかった。認めたくはないのだが、むしろ、くすぐったいような歓《よろこ》びのかけらがあった。

ホンイエンがロンユーに進言した。

「一応、健康診断など、されたほうがよいと思いますが」

「そうだな。誰か適任がいるか」

「妾妃《しょうひ》様方が飼っていらっしゃる愛玩犬の医師ならおられますが。私は、チェンスー殿が適任かと。どの医者よりもお詳しくていらっしゃいます」

「そうだな。そうするか」

ホンイエンと文章博士が退室したあと。

ロンユーは、両手を前に出し、パンと大きく打ち鳴らした。その音にカナメは驚き、窓枠まで上る。心臓がどきどきいっている。

「もう、ロンユー。そんな大きな音を出さなくても、聞こえるよ」

知らない男の声がした。

「チェンスー、その猫の健康診断をしてほしいのだが」

「うん、わかった」

背後から、カナメはスッと抱きかかえられた。

——え？

ロンユーも静かに寄ってくるが、それ以上に気配がない。いつ部屋に入ってきたのか、それさえ判別できないのだ。

——忍者？　この人は忍者なの？

目が細い。顎も細い。なにかを思い出す。狐《きつね》のお面だ。青みがかった外衣には刺繍《ししゅう》がされている。ロンユー以外で、こんなに豪華な衣装を身につけている男の人を初めて見た。

その人は、カナメのことをくるりとひっくり返すと、いきなり足を広げた。

——なにをする。このぼくに、なんて破廉恥《はれんち》なことをするんだ！

カナメは必死に暴れる。

——いやあああ！

「なるほど、男の子だね」

いきなり、股間を確認するやつがいるかあ！

「カナメが、いやがっているではないか」

ロンユーがチェンスーからカナメの身体をひったくった。このときばかりは、ロンユーがひどく頼もしく映った。彼の懐に、カナメは潜り込む。

「だって、この子、賢そうだから。健康診断しますよーって言ったら、逃げてしまいそうなんだもの。こんにちは、カナメくん。私は、チェンスー。九尾《きゅうび》の狐だよ」

——九尾の狐……？

カナメは首を伸ばしてチェンスーの背後を見る。尻尾があるか、確認したのだ。だが、何も見えなかった。

「へえ、こっちを見たね。ほんとにきみは賢いなあ」

チェンスーはそう言うと、カナメのほうにぐぐっとかがみ込んできた。

「きみ、人間、だったりしてね」

「わけのわからない」ロンユーのお友達は、よりいっそう、「わけのわからない」人だった！

カナメはロンユーの着物にすがりつく。うさんくさいチェンスーよりは、ロンユーのほうがまだマシだと思える。

ロンユーは、カナメをあやすように揺らしながら、チェンスーに言った。

「それで？　肝心な健康状態はどうなのだ？」

「異常なし。まったくもって健康そのものだよ。病気もダニもノミもいない」

カナメは目をぱちくりさせた。今、チェンスーは自分の身体を抱いただけだった。それで、どうしてそこまでわかるのだろう。

「私は、薬学の仙だからね。でも、出かける前でよかったよ。今から、玄武国《げんぶこく》に行って、千年に一度花を咲かせる臭香花《しゅうこうか》の収穫に行ってくるんだ」

嬉《うれ》しそうにチェンスーは言った。

「臭香花は、薬効はあるけど臭いんだよねえ。一度手についたら、一生とれないって言われている」

いかに薬効があるとはいえ、そんなに臭いのはイヤだなとカナメは思った。

「うふふ。聞いてる、聞いてる」

チェンスーはそう言うと、嬉しそうにカナメを見た。その細く釣り上がった目が、なおいっそう細くなる。

こちらの心のうちを見透かしているようだ。

恐くて目を閉じた。

カナメは、この人のことが苦手だと思った。なので、よいしょとばかりに、ロンユーの懐によりいっそう深く潜り込んだ。

そして、目を開いたときには、もうチェンスーの姿はなかった。扉をあける音どころか、足音も気配もない。空気に溶けるようにいなくなってしまった。

けれど、ロンユーはまったく驚いた様子はない。それが、カナメには不可解だった。


そのようにして、カナメはロンユーの一の侍従になった。

「一の侍従というのは、とても偉いのですよ。これからは、あなたのほうが身分が上なので、カナメ様とお呼びします」と、ホンイエンが言った。

「カナメ様。ロンユー真君に粗相があってはなりませんよ。あのお方に傷をつけたら、翠雨苑じゅうが、いえ、国が、天帝が、黙っておりません」

そんなふうに、脅しつけるように言われて、カナメはたいそうに震え上がった。だって、自分はすでにさんざん、ロンユーに爪を立てて、引っ搔《か》いて、肉球パンチを食らわせている。

今さらだが、自分はとんでもないことをしてきたんじゃないだろうか。

けれど、ロンユーはホンイエンをいさめる。

「ホンイエン。そのようにカナメを脅かすでない。よいよい。猫のすることなど、たかがしれている。好きにふるまうがよい」

「そのように、ロンユー真君がカナメ様を甘やかすから」

ホンイエンがぶつぶつと文句を言っている。

カナメは考える。ロンユーのことを信じているわけじゃない。

ただ、ホンイエンより偉く、チェンスーよりはうさんくさくない。「まだいい」くらいの感覚だ。

初志貫徹。ロンユーのそばにいよう。そして、この世界のことをもっと知ろう。

あくまでも、元の世界に帰るためだ。

別に、ロンユーの懐があったかくて気に入ったとかじゃないから。

■04　カナメとロンユー

カナメの一の侍従としての、翠雨苑での日常が始まった。

カナメはロンユーの寝所の一角に自分の寝床を置いてもらった。そこで丸くなって眠るのだ。朝、侍女がロンユーを起こしに来て、身支度をするのだが、そのときにカナメもまた、毛をとかされ、爪が伸びていないか、念入りにチェックされるのだった。一の侍従は偉いのである。

それから朝ごはんになる。

朝食が終わると、ホンイエンが現れ、今日の予定を確認する。

ホンイエンは、第一秘書みたいなものなのだろうとカナメは推測している。

次はこの、私室のある建物から移動して、裏庭のほうに出る。そこから橋を渡ると建物がある。これは武道場だそうだ。ナガライたちを相手に、武道の鍛錬をする。そのときが、ロンユーは一番輝いているとカナメは思う。

ロンユーは長槍《ながやり》を得意としているらしい。大勢相手にも決してひるむことがない。彼にかかると、武官たちは赤子のようだ。

ド素人《しろうと》のカナメにも、ロンユーが、群を抜いた槍の上手であることは見てとれた。

——なんだか、踊っているみたい。

裾捌《すそさば》きも美しく、動きに無駄がなく、くるりと弧を描き、そして、直線に突き込んでいく。

うっとりとそれを眺めるのが、朝の日課になっていた。

鍛錬が終われば、渡り廊下を通って翠雨苑の重鎮と会議をする部屋に移る。

会議が終われば謁見だ。

表仕事が終了したのちは、私室に帰るのが常だった。軽い昼食のあと、執務室で仕事をする。

だが、本日は少々いつもとは異なり、ロンユーの「お遊びタイム」になった。「お遊びタイム」では、カナメが落ちてきた中庭で、ひたすらロンユーは芸事を見て過ごす。

——王様は、お気楽なことだよな。

この「お遊びタイム」は、午後いっぱい続いた。

そういえば、カナメが落ちてきたあの夜も宴会をしていて、演奏が聞こえてきた。

今回は、芸人がひっきりなしに出てくる。楽屋前で、猫耳を澄ませて情報を得たところによると、国中の芸自慢が集まっているらしい。

「ロンユー真君お抱えの芸人ともなれば、鼻が高い」

「青龍のみならず、この四国《よんごく》どこに行こうとも、一流として認められたということだからな」

「笑わぬ王を笑わせて、夢中にさせたなら、天帝の覚えもめでたくあろう」

——笑わぬ王。そう言われているんだ。

その名のとおり、ロンユーは演劇や歌や舞を見ていても、つまらなそうな顔をしている。ときどき、手で口元を隠してあくびをしていることさえある。そして、ある程度進んだところで、「ご苦労であった」と口にするのだ。それを合図に、出し物は引っ込められ、新しい人たちが出てくる。

すべての出し物が終了したときには、とっぷりと日が暮れていた。ホンイエンが「いかがでしたか」と聞いてきた。

「どれも、おもしろくは、なかった」

ロンユーは膝のカナメをもはや無意識に撫でつつ、そう言った。

——こいつ、偉そう。

ロンユーにとっては、真実、楽しくなかったのかもしれない。だけど、もうちょっと言いようがあるんじゃないのか。なんだ、王様だからって、上から目線か。

——みんな、一生懸命じゃないか。

なのに、この言い方。こいつは、いやなやつなんだな。

まあ、権力の座にいれば、他の人間を軽んじるようになるんだろう。そういうものなんだろう。

このとき、カナメのロンユーへの評価は地に落ちた。ゼロになった。

——なんで、悔しい気持ちに、ぼくがなっているんだよ。

なにをがっかりすることがある。いっそ、せいせいするってもんじゃないか。

こいつも、親戚とか今まで自分から遺産をむしりとろうとしてきたやつらと同じだってことだ。

高いところからは、見下す。低いところからは、引きずり下ろしてむしる。

そういうやつなんじゃないか。

ロンユーは、カナメを抱いたまま、立ち上がった。

「お待ちください、我が君」

ホンイエンがすがるように言った。ロンユーは面倒くさそうに答える。

「おまえの顔を立てて、最後の一組までつきあったぞ。もう、よかろう」

「ロンユー真君。たまには、後《うしろ》の宮で妾妃と遊ばれては？　お渡りがないと、みな、嘆いております」

——後の宮？　妾妃？　遊ぶ？　お渡り？

つまり、複数の女性をよりどりみどりで「遊ぶ」ということか。アハンウフンの「遊び」というわけだ。

——ふーん。

カナメのロンユーへの評価はゼロを通り越し、はるかマイナスまで落ち込んだ。

そうか。こいつも、いやらしいおっさんということだな。

たしか、五番目に世話になった親戚だ。旦那さんが外に女性がいて、修羅場になっていた。カナメはもう中学生になっていたから、旦那さんの苦しい言い訳にあきれつつ、速攻、その家をあとにした。なんでも、カナメの養育費が入ったので、その金で若い女の子とデートを繰り返していたらしい。

両親は、そんなことのために、遺産を残してくれたわけではないというのに。

ロンユーの顔は、この角度からだと見えないが、「そうだな。そうしよう。今日は、だれにするか」なんて、鼻の下を伸ばしているに違いない。

夕食は一人だな。だが、ちょうどいいというものだ。

こんなやつと食事するくらいなら、一人のほうがいい。早く行け。ここから自室にくらい、一人でも帰れる。

ぼくはかまわない。

不条理に落ち込みそうになっている自分を、カナメは叱咤した。

――どうってことはない。

なぜなら、おまえに、期待していなかったからだ。だから、失望することもない。ふん。

カナメはもがくと、ロンユーの腕から抜け出し、床に降り立った。そのまま、去ろうとする。

「ホンイエン」

カナメの足が止まったのは、ロンユーの声に、あきれたような響きがあったからだ。それは、カナメにとって意外であった。

「いくら美しくても、好きでもない女を抱いて、なにがおもしろい」

カナメは、振り向いた。

――いや、その通りだと、ぼくも思うけれど。

あまりにまっとうな対応で、いっそ、驚いてしまう。

「想いがないのに夜をともにしては、相手方にも失礼であろう」

きっぱりとした物言いに、迷いはない。

――この男、こんなことを、言うのか。

彼の顔を見上げる。ロンユーはカナメと視線を合わせると、ふっと口角を上げた。彼の微笑は一瞬だ。朝のもやのように、茶からあがる湯気のように、つかの間に消えていく。

ロンユーがさりげないしぐさで、カナメをまた抱き上げる。カナメは、今度は素直に抱かれていた。

ロンユーがそうっとカナメを撫でてくれた。

――く、悔しいけど……気持ちいい、ような……――。

「俺は、カナメと食事をするほうが楽しいのだ」

わわ、なんという大胆発言。

ホンイエンがあきれたように言った。

「国中から集めてきた美姫たちが嘆きますよ。そのようなみすぼらしい子猫一匹に負けたと知ったら」

カナメはショックだった。

――みすぼらしい？

そうだったの？　ぼくってみすぼらしいの？

「みすぼらしい、だと？　このカナメが？」

「あ、その……」

ホンイエンは珍しく、うろたえた。

そういえば、こちらに来てからカナメは自分の姿を見たことがない。

前足をつくづくと見る。あんなに毎朝、侍女たちに手入れされていたのに。みすぼらしいんだ。なんだか、彼女たちにも申し訳ない。

ロンユーが、ホンイエンを睨んだ。

「なんということを言うのだ！」

「失言でした。一の侍従であるカナメ様に」と、ホンイエンは頭を下げた。

「カナメは、世界一の美猫であろう」

ホンイエンは頭を下げたまま、動作が止まっている。カナメもロンユーを見上げたまま、ひげを震わせている。

いくらなんでも、「世界一の美猫」はないだろう。ないわ。それはない。

ホンイエンもそう思っていることだろう。

「蕎麦茶がら」命名時同様、このときもまた、ホンイエンとカナメ、二人の気持ちはひとつになったのであった。


ロンユーが、執務室でカナメの目の前に置いたのは、鏡だった。

——どうしたの、これ？

カナメはロンユーを見上げる。

「映りのいい鏡はなかなかないので、宝物庫から出してもらったのだ。まったくホンイエンのやつ、カナメのことをみすぼらしいなどと。こんなに愛らしいのに」

楕円形で、周囲を睡蓮の花の模様が囲んでいる。鏡は、カナメの姿をはっきりと映し出した。

「これが、おまえだ。自分の姿を見るのは初めてか？」

この姿の自分をということだったら、答えはイエスだ。

「みー」

肯定のつもりで返事をしてみた。

うん。正直言ってちょっとだけ、ほっとした。みすぼらしくは、ない。

艶のある、いい毛並みをしている。

鼻は桃色で、身体は全体に黒。前足を上げてみると、お腹が白いのがわかった。じーっと見つめると、目の色は元の人間であったときと同じ、茶色だ。つんと顔を上げてみる。

カナメの百面相を見て、ロンユーの口元に微笑のもやがかかった。

「気に入ったか？　ここに置いておくゆえ、好きなだけ見るがいい」

そう言って、ロンユーは書類仕事に戻ってしまった。

今日の午後は宴会も「お遊びタイム」もないらしい。

ひたすら、書類を確認しては、大きなはんこを押している。執務室の卓上には、茶器や菓子が用意されていたが、ロンユーが口をつけた気配はない。

——休憩しなくていいのだろうか。

違う。心配なんてしていない。ただ、この人に倒れられでもしたら、自分が元の世界に帰って受験する作戦が頓挫《とんざ》してしまうからだ。そうなのだ。

「これには、一筆添えたほうがいいであろうな」

そう言うと、ロンユーは文机の引き出しから筆を出した。

彼の顔がしかめられる。

「む。もう、この筆はだめだな。気に入っていた筆であったが」

そう言って、手にした筆をかたわらのごみ箱に捨てようとした。だが、手元が少々狂って、筆がカナメの目の前に落ちてきた。

むず。

むずむず。

——なんだ、この衝動は。この筆が自分の前でうにうに動いたら、さぞかし楽しいのになあ、なんて。

「すまない。ぶつけなかったか？」

ロンユーはそう聞くと、落ちている筆を取ろうとした。彼がそうする前に、カナメは筆をくわえた。

「あ、こら、カナメ。それは食べ物ではないぞ」

なにを言っているのだ。それくらい、わかっている。

違う。

自分の足元に置いて、ロンユーに訴える。

「にゃーにゃーにゃー」

「どうしたというのだ、カナメ」

そう言いつつ、ロンユーはその筆の尻についていた紐を持つ。ゆらりと筆先がカナメの目の前で揺れた。

――うわ――――あ！

これこれ。これを待っていた。このときを、待ち望んでいた。

カナメは無我夢中で、その筆先に飛びつく。驚いたロンユーが、筆を持ち上げる。カナメは追う。

ロンユーは、ようやくカナメの意図を悟ったようだった。

「なんだ、こんなのが楽しいのか？」

「にゃん！」

「そうか、そうか」

ロンユーは巧みに筆を操った。さすがに槍の上手。筆使いも最高にうまかった。カナメが届きそうで届かない、実にいいところにロンユーは筆を持っていくのだ。そして、最後にはカナメに花を持たせてくれる。

カナメの息が整えば、ロンユーはまた筆先を魅力的に振る。

一人と一匹は夢中になって「筆先つかまえごっこ」をした。しまいには、ロンユーが走りながら筆をちらつかせ、袴の裾と戯れるように、カナメは全身で筆先を追った。

猫の身体ってこんなにしなるんだと感心する。

最後には、二人は息を切らして座り込んだ。

「喉が渇いたろう」

ロンユーはそう言って、カナメの皿に水差しの水を注ぐと、自分も茶を入れて飲む。

「おまえ、なかなかいい狩人《かりゅうど》になれそうだな」

そう言ってロンユーはカナメの背を撫でてくれた。

「よろしいですか」

声をかけられて、一人と一匹は飛び上がる。室内には書類を手にしたホンイエンが立っていた。

「おまえ……。いつから、そこに」

「申し訳ありません。お二方があまりに楽しそうだったので、声をかけそびれてしまいました」

　そう言いつつ、ホンイエンは袖で口元を隠した。

　どうやら、笑っているようだった。すぐに袖を下ろし、そのときには、いつもの冷静な顔を取り戻していたのは、さすがである。

「仲良くなられたようで、なによりです」

　そうホンイエンは言ったのだが、カナメはついとそっぽを向いた。

　——違う。そんなのではない。これは、戦略の一部だ。

　声を出せたら、そう言いたかった。

　文字通り、相手の懐に入り、この国のシステムを知るために、しかたなくやっているのだ。

　そう、自らに言い聞かせていないと、ロンユーがふとした拍子に見せる表情、口調、うすもやのような笑みで、カナメはこの男を信じようとしてしまう。そんな自分がわかっている。

　甘い。甘いのだ。

　人が大切なのは、まずは自分だ。それから、子ども。かろうじて伴侶。それくらいのものだ。見知らぬ他人に心を砕く者などいないのだ。

　ロンユーはその天帝とやらに遣わせられた猫だと自分を信じているから、大切にしてくれている。それに加えて、愛玩動物として気まぐれに可愛がってくれている。そのうち違うなにかに心惹《ひ》かれ、自分にそっぽを向くだろう。そのときまでに、なんとか帰る算段を立てる。

それしか、自分が生き延びる道はない。


翠雨苑の中は、だいぶ覚えた。

前《まえ》の宮と言われる、いわば公的な仕事場。

左《ひだり》の宮と言われるロンユーの私室。

ほかに、妾妃たちが住んでいる後の宮と翠雨苑づきの文官・武官たちが住んでいる右《みぎ》の宮があるらしいが、カナメが足を踏み入れたことはない。

翠雨苑の各宮には複数の建物がある上に、ひとつひとつが広い。さらに、それぞれが水上に渡された廊下で繋がっており、もし、知らない宮で迷子になったら、おおごとになりそうだ。

カナメは常にロンユーの近くにいたし、ロンユーもカナメを気にしていた。

平穏無事に日々が過ぎていたので、双方に、少々、気の緩みがあったかもしれない。

ある日、カナメをとんでもないアクシデントが襲った。


その朝もカナメは、武道場で鍛錬のお供をしていた。

ロンユーは槍だけではなく、大剣も、戦斧《せんぷ》もよく使う。体術も、得意なようだ。己よりも大きな相手を投げていく。カナメの隣で汗を拭いていたナガライが、うっとりと口にした。

「猫殿。そなたの主人の、なんと凛々しいことよ」

——まあね。

さすがに、カナメだってロンユーの武芸のすごさは理解できる。

そう言われて、得意な気持ちにならないようにするのに、苦労した。いや、ロンユーは他人だから。今、たまたま、自分を愛玩してくれているだけだから。

ナガライは続ける。

「七十三年前の赤縒《あかよ》りの乱では、目を見張るような益荒男《ますらお》ぶりと聞き及んでおります。当時のロンユー真君を見てみたかったものですな」

カナメの猫耳がぴくりと動く。

赤縒り？　七十三年？　なに、それ。

「私の祖父が言っておりました。ロンユー真君さえおれば、この青龍の国は安泰だと。長かれ、百葉の睡蓮の国、青龍よ」

ナガライの心酔ぶりはカナメが引きそうになるくらいだった。

——もし、言葉が話せるのだったら、聞けるのにな。

ロンユーは、せいぜい三十歳くらいにしか見えないのに、七十三年前って。どういうこと？　だれもそのことを気にした風に見えないのは、どうして？　ここでは、当たり前のことなの？　それは、ロンユーのあの、疲れ果てたような横顔と関係があるの？　あまり笑わないのは、どうしてなの？　なにを、悩んでいるの？

――うう。気にしたってしょうがないだろ。すぐに、元の世界に帰るんだから。

「猫殿。それにしても、ロンユー真君の仙気《せんき》を受けておられるのは、まことですかな」

――仙気……？

「仙気でしたら、私のをお使いください」

そう言って、ナガライがカナメの前足を握った。

「ふぎっ！」

感電したような衝撃がカナメを襲った。背中の毛が総立ちになり、飛び上がった。

スケッチブックをぐしゃぐしゃにされたときの苛立ちを、煮詰めて十倍にしたような、大事なところに土足で入り込まれるような、いいと言っていないのにふれられたような、怒りを伴う嫌悪。

――こいつ、なにしやがる！

ふーっと低い声が自動的に出てしまう。

「これは失礼。仙気には相性があるといいますが……」

ナガライがなにやら言っているのを尻目に、カナメは武道場を飛び出した。もう、隣にいたくなかった。

――なんで、あんなに腹が立ったんだろう。

自分でも、わけがわからない。

ロンユーの鍛錬が終わるころに、何食わぬ顔で帰ろう。ロンユーといるなら、ナガライもさわってこないだろう。

ふっと、カナメの目の前を、蝶が横切っていった。一瞬、我を忘れるほど、美しい蝶だった。黄金に光り輝いている。

遊んでくれたときのロンユーの巧みな筆さばきのように、その蝶はひらひらと舞い踊り、カナメをダンスに誘っているかのようだ。

カナメは走り出した。

――待って、ねえ、待って。

カナメは無我夢中で、蝶を追った。カナメは跳ねて、蝶を捕らえようとする。だが、蝶は前足が届く寸前で逃げてしまう。

そうしているうちに、カナメは渡り廊下を横切り、庭の外れまで行きついた。木が生い茂り、薄紫の花が咲いている。蝶は樹の上方の枝に止まり、花の蜜を吸っていた。

――今なら。

この樹を駆け上がれば、いける。

カナメはその樹に足をかけて登ると蝶のいる枝に踏み出した。

とたんに、枝がしなった。

――あ、まずい。

カナメの体重を支えきれず、枝がたわむ。かたわらを、からかうように蝶が飛んでいった。

カナメはバランスを崩して落ちた。

だが、地面まではそんなに距離はない。猫の身体に慣れた今のカナメであれば、ちょろいものだ。

カナメが着地したのは、井戸の蓋の上だった。うまく足を下にして立てた。

――まあ、こんなもんよ。

得意げにひげを立て、下りようとしたときだった。不安定な蓋がはずれて、カナメの身体は井戸の中に吸い込まれていった。

必死に内壁に爪を立てるも、ずるずると落ちていく。

まるで、こちらに来たときのような、深い、深い、場所に、カナメは着水した。

水面から突き出していた石によじ登り、上を見るが、もちろん蝶の姿はない。空が小さく見えるだけだ。

――薄暗い。

カナメが人間だったら、ほとんど見えないのではないだろうか。

石は水苔《みずごけ》が生えていて、ぬめっている。足を突っ張っていないと、水の中に落ちそうになってしまう。

上がれないかと、壁を見てみたが、湿っているうえに足がかりになりそうな突起はない。

壁にとりついて深い水に落ちたら、命取りになりそうだ。

「にゃー、にゃー」

心細さに鳴いてみるのだが、人通りが多いとも思えない場所だ。誰か来るはずもない。じわっとカナメの背筋を冷たいものが撫でていった。

——これは、かなりヤバいのではないだろうか。

自力で脱出できない。見つけてもらえない。そうしたら、かなり、まずいことになりそうだ。

スマホがあって、簡単に居場所を知らせることができる元の世界とは違うのだ。

カナメは滑らないように、何度も石の上でポーズを変えた。そのたびに、ちょっとずつずり落ちて、カナメの身体は泥混じりの水に汚れた。

やがて、雨が降ってきた。

雨に濡《ぬ》れて、しっとりした水苔は、容赦なくカナメの足裏を滑らせる。疲れてきて横になって休みたいのだが、水かさが増し、石に縋《すが》りついているのがやっとだった。

休むとき。それは、この世におさらばするときだ。

ここでもし、死んだら。元の世界に帰れるとか、これは夢でしたとか、そういう話にはならないよな。泥水や苔の感触が、爪を立てているのにずり落ちていく感覚が、これは現実だと伝えている。

……——ならないよな。

——こんなところで、こんな姿で、わけがわからないままに、はかなくなってしまうのか。

突っ張っていた手足の力が、だんだん限界に近づいてきた。

——あ、ああ！

とうとう、カナメは石からずり落ちてしまった。かろうじて足先がついていたが、溺れるのも時間の問題だ。

——もう、いいかな……。

そう思ってしまった。

きっと、両親だって、「もういい。がんばったね」って言ってくれるよね。

なんか、疲れてしまったんだ。って、……なんか、これってフラグだな。でも、ほんとに、がんばったんだ。ぼくは、がんばったんだよ。

やっぱり、神様なんていないんだ。

いたとしたら、ずいぶんだ。ぼくを猫にして、この世界で生を終わらせる。ぼくなんて、気まぐれに動かされる駒みたいなものなんだ。

カナメは息苦しさを感じた。

——まだ、水は鼻まできていないのに。

それは、ここにきた、最初の夜と同じ苦しさだった。

あのときには、ロンユーがいた。ロンユーがいて、いきなり口をつけてきた。びっくりしたのだが、今思い返せば、頼もしくもあった。

けれど、ここにはいない。

ロンユーがひどく恋しく感じた。ここにいて欲しかった。

ロンユーさえいたら、なんとかしてくれる。

いつも、そうだった。

顔は恐いし、めったに笑わないし、ぼくの初めてのキスを奪った男だけれど、ほんとうにいやなことはされたことがない。

それどころか、寝床と食事を与えてくれ、遊んでくれさえした。世界一の美猫だって言ってくれた。

ロンユー、ロンユー。

ぼく、まだ、あなたのこと、なんにも知らないのに。

これからもっと、知りたいと思っていたのに。ちょっと、すこし、あなたを認めたくなっていたのに。これで、終わってしまう。

彼のことを考えていたからか、ロンユーの声が聞こえた気がした。

――ロンユー……？

「カナメ、カナメー！」

違う。ほんものだ。本当にロンユーだ。

井戸の上から呼びかけている。

――ここだ、ここにいます。

そう、声に出して言ったつもりでいたのだが、実際に出たのは、「ふぎ……ふみゃ……」

という、じつに情けないものであった。

けれど、ロンユーは、ちゃんと聞きつけてくれた。

「カナメ、そこか！」

「み……」

もう、声も出ない。水に口まで浸かってしまった。上で騒ぐ声がする。

「離せ！　止めるでない！」

「ロンユー様、すぐに人を呼んで参りますから」

「待っていられるか。カナメ！」

ロンユーは、井戸の中に飛び込んできた。両手を壁につっぱって、速度を落とすとカナメの近くに下りる。水は、彼の腰まであった。カナメを抱き上げる。ロンユーは私室用の服を着用していた。それがあまさず泥だらけなのが目に入る。髪も乱れて前にかかっていた。この井戸を見つけるまでに、さんざん、地面を這《は》って、木を払って、探してくれたのだろう。

「ああ、よかった。カナメ。カナメ」

そのときに、雨がやんだ。

そして、天頂から日の光が射《さ》し込んできた。

こちらを見ているロンユーの顔は汚れていた。けれど、彼は、目を潤《うる》ませつつ、微笑んでいた。いつものもやのような笑みではない。泣くほどの、歓びを滲《にじ》ませた笑みだった。口元が優しく綻んでいる。

──あ……。

カナメには、彼の顔が輝いて見えた。

ねえ、ロンユー。

なんで、そんなに、必死になれるの。

いくら天帝から遣わされたとか言っても、たかが子猫だよ。見ず知らずの猫なんだよ。

──違う。

カナメが弱っちい、たかが子猫であるからこそ、ロンユーは自分を可愛がってくれているのだ。服をこんなに汚くして。自分がケガをするかもしれないのに、井戸に飛び込んできてくれて、くしゃくしゃの笑顔まで見せて。

なんでだよ。どうして、そんなにいい人なんだよ。

まぶしいよ。太陽みたいに。

──どうしよう。

演じている芸人さんたちに冷たくて、妾妃を囲っていて、傲慢な王様なのに。いつも恐い顔をしているのに。

——ぼくは、この人のこと、信じてしまう。

抑えようとしても、だめだった。

「苦しいのか？　長く離れすぎたからだ」

そう言うと、ロンユーは口をつけてくる。

——あれ、なんだろ。いやじゃない。

最初のときのように、カナメに驚きはなかった。嫌悪はなおさらなかった。むしろ、自分からその呼気の甘さを堪能《たんのう》した。

——なんか、気持ちいい……。

とろとろと与えられる、甘露のようなロンユーの口づけに、カナメは酔った。

——ぼく、変だ。

これをもっとしていたい。ずっと、口づけていたい。

ふわふわしてきた。人間だったら、頬が紅潮していることだろう。

なんだよ、これ。

まるで、ぼくがロンユーのこと好きで、好んでこうしているみたいじゃないか。そんなんじゃないのに。

長くそうしていたが、そっと、ロンユーは唇を離した。なんだか、名残《なごり》惜しい気がするのはどうしてだろう。

「もう苦しくないか」とカナメに呼びかけてくる。

「みゃう」

息苦しさは消えていた。

上で、大勢の人の気配がする。上から縄が垂らされた。

「ロンユー様、ご無事ですか？」

「人を集めて参りました」

「ご用意ができましたら、縄を引いて合図してください」

ロンユーがいつものように、カナメを懐に入れてくれる。

「カナメ。しっかり、俺にしがみついていてくれ。決して離すな」

合点承知だ。

——絶対に、絶対に離すもんか！

カナメは渾身の力でロンユーの服に爪を立てた。井戸の壁に比べて、ロンユーのそれは、爪が利きやすい。

いつもだったら、こんなにきれいな布に爪を立ててしまうなど、抵抗があっただろうが、今は非常時だ。そんなことを言っている場合ではない。

ロンユーは両手で縄を摑み、軽く引く。すると、上の人たちが、「そーれ！」のかけ声とともに強く引いた。徐々に、ロンユーとカナメの身体は持ち上がっていく。

縄は心許なく恐かったけれど、ロンユーが「平気だぞ」「今日は、おまえにつきあうからな」「恐かったな」「無事でよかった」「ちゃんとしがみついているんだぞ」と、たくさんたくさん、声をかけてくれたので、カナメは落ちついていることができた。

ロンユーのそばにいると、安心する。なんかこう、弱い部分をさらけだして、よりかかりたくなる。たぶん、それって、甘えるってことだよね。

そう考えて、「や、なに言ってんだ、ぼくは」と、自分の考えをいさめる。

甘える、なんて。

両親を失ってから、一度もしたことがない。

しようと思ったこともない。

それなのに。おかしいんだ、ぼくは。

さっき、あんな目に遭ったからかな。そこから助けてくれたのが、ロンユーだったからかな。だから、こんな気持ちになるのかな。

二人……――正確には、一人と一匹は、無事に井戸の外に出た。

「ロンユー様、ご無事で！」

「無茶が過ぎます、ロンユー真君！」

ナガライとホンイエンが、両側からロンユーに話しかける。

「わかった、わかった。こら、さわるでない。そなたたちまで、泥まみれになってしまうぞ。

誰か。風呂の用意をしてくれ。カナメ用の盥《たらい》もな」

カナメはとても大切なもののように扱われた。ロンユーに唇を寄せられ、あやすようにそっと揺すられる。

「そうだな、恐かったな。井戸の底で、よくがんばった。偉いぞ」

うん、そうだ。ぼく、あそこですごくがんばったんだ。だって、死にたくなかったんだもの。また、あなたに会いたかったんだもの。

認めたくないけど、そうなんだもの。


「よし、このぐらいでいいか」

ロンユーが自ら、盥の湯温を調整している。

ロンユーは盥の中の湯を手桶で掬《すく》ってカナメに少しずつかけてくれた。

「目を閉じていないと、泥水が入ってしまうぞ。そうだ、いい子だ。よーし、よし。もういいぞ。目をあけても。ここは、俺専用の湯殿だ。ほかに誰も入ってこないから、ゆっくりできるぞ」

カナメは目をあける。

ロンユー専用の湯殿は、銭湯三つ分くらいの大きさがあった。

——広い……。

湯殿の天井四隅には、突き出すように像があった。それがなんであるか、カナメにはわかった。四神だ。

青龍、朱雀《すざく》、白虎《びゃっこ》、玄武。

そのうちの、青龍の口から湯が出てきて、何段かを経たあと、扇形の湯船にたまり、端からまた、落ちていく。高い天窓から、明るい日が射し込んでいた。

あーもー、気持ちいい。

「よしよし、さらによく洗ってやろう」

香りのよい液体をかけてこすられる。たちまちそれは泡立った。

——あれ、これ、石けんなの？

「これは、俺のために調合してもらったものなのだ」

いつもロンユーからはほんのりといい匂いがしているのだが、それと同じ匂いがしている。

——ロンユーと、同じ匂い……。

いや、違う。嬉しくなんて、ないんだから。ちょっとぽーっとしたりなんて、してないんだから。

「これでよい。この盥に浸かるか？　そうか。気に入ったか」

ロンユーは自分そっちのけで、カナメをかまっていたが、カナメが盥の中の湯で遊び始めると、髪をほどいた。自分の泥だらけの服を脱いで、外で控えている侍者に渡す。

カナメは、ロンユーの裸体を初めて見た。

——ふえ？

カナメはびっくりして、盥の中で足を滑らせそうになった。

「大丈夫か、カナメ？」

ロンユーが全裸でカナメの盥にかがみ込んでくる。

——ロンユー、ロンユー、あなたは……！

身体、すっごい！　むきむきのばきばきなのだ。フィジークだっけ。細身のマッチョみたいなやつ。あれの大会に出られそうだ。着痩せするにもほどがあるだろ。

そして、その身体のあちこちには傷がある。

ロンユーの生活は、朝の鍛錬以外は、ほとんど公務か私室にこもっている。疲れたような横顔も見た。だが、ロンユーの身体はそんな生活を裏切って、今にも槍を片手に馬を疾駆《しっく》させそうな生命力を秘めているのだ。

——ひどく、アンバランス……

けれど、ロンユーはこう言った。

「おまえは、危なっかしいな」

——ぼく？　ぼくですか？

ロンユーは自分の身体を洗うと、カナメの盥が置かれている近くに身を沈める。

「先に私室に戻っているとばかり思っていたのに。姿が見えないと知って、肝が冷えたぞ」

今日のロンユーは、よく話す。

「もし、間に合っていなかったらと思うと……」

ロンユーの脳裏には、きっとこんな風景が浮かんでいる。井戸の底でぷかりと浮いている黒い子猫。一生懸命、石にすがりついていたので、爪が割れている。その目は閉じており、二度と開くことはない。よく撫でてやった毛並みからは温かみが失われ、自分が振る筆先を追って走った足ももう動くことはない。こちらの言うことがわかっているのではないかというう、茶色の目の動き、鳴き声も、もう、聞くことはない……——。

「おまえにまた会えて、俺がどれだけ、嬉しく思っているか。おまえにはわからないだろうな」

そう言って、ロンユーはカナメを撫でる。

——わかる。わかるよ。

自分も、ロンユーに会えないままなのが、一番悔しかった。

あのとき、ロンユーが来なかったら、自分は力尽きていただろう。

つまり、ロンユーは命の恩人ということになる。

——しょうがない。

ぼくは猫、ぼくは猫。

かわいい子猫ちゃん。

そう言い聞かせる。そうしないと、とてもではないが、思いつきを実行できない。

カナメは、盥から出ると、お腹を見せて寝転がり、甘え声を出した。

「……にゃあーん」

高校三年男子が寝っ転がって媚《こ》びているのって、めちゃくちゃ引くな。だめだ、正気に返ったら負けだ。

ぼくは猫、ぼくは猫。かわいい子猫ちゃん。

鏡の前で、自分の可愛いポーズを研究したのだ。その結果、これが一番効果があるのではないかという結論に達した。

これは、甘えたいとか、そういうんじゃないんだからね。サービス。そう、サービスなんだからね。

猫にとって、腹は弱点だ。あまりにも、無防備な体勢。

ロンユーの動きが止まっている。動揺が見てとれる。

――ああ、引かれたー!

どうしよう。いっそ、殺してくれとうめきたくなる。

「い、いいのか?」

湯の中で立ち上がると、ロンユーはカナメのほうに手を伸ばしてくる。

広い肩。たくましい胸。だが、指先が震えている。

カナメの毛は黒いのだが、お腹だけは白い。そこを、ロンユーは、薄氷を撫でる繊細さで、そうっと、撫でてきた。

——うわ、くすぐったい。

彼は、笑っている。

ほがらかな、太陽にふさわしい笑い方だった。

「気持ちよいか。ここがよいのか。このような撫で方でよいか。おまえは、可愛いなあ。カナメよ」

なんと、ロンユーは泣きそうになっていた。そんなにか？　そんなに感激するか？

「最初は、無骨な俺が撫でたら痛くしてしまうのではないか、おまえに嫌われてしまうのではないかと、びくびくしていたんだぞ。それが……こんな……こんなことまで……このようなかわゆいことを……——」

ロンユーは感極まったというように、指を動かす。

そうか。恐い顔は、緊張していたからなのか。不器用なんだな。まあ、ぼくが猫だと思い込んでいるのだから、言葉ではわからないと思ってもしょうがない。

——あれ？

なんか「ぷおぷお」って、いびきみたいな音がしている。なんだろう、これ。自分の喉からしてる。寝てないのに。

「そうかそうか、これが好きか。そのように喉をゴロゴロ鳴らして」

そう言われて、カナメに衝撃が走った。

――これ、猫の、ゴロゴロ音！

だめだ。止めようとしても、止められない。どうしても、出てしまう。

知らない間に、ゴロゴロいってしまう。

それを聞いたロンユーは、ますますご機嫌になる。

この人が、ご機嫌だとなんだか、幸せ……――。

――もっと、もっと撫でて。もっともっと……――

猫であるカナメと仙王ロンユーの蜜月の始まりであった。

その日以降、カナメはロンユーについていくことを禁じられた。ロンユーがカナメを抱き寄せて謝罪する。

「許せよ、カナメ。だが、おまえが万が一、またどこかに行ってしまったらと思うと、仕事が手につかぬ。おまえは聞き分けのいい、よい猫だな。どうか、ここで俺の帰りを待っておれ。すぐに帰るゆえ」

そうか、執務のためなら、しょうがないな。


朝、ロンユーに抱えられて睡蓮の池をのんびりと散歩する。ともに朝食をとる。それから執務室の隅、衝立《ついたて》で仕切られた自分のスペースで、ロンユーの帰りを待つ。たまに、大きな水音が響いてきて、竜が泳いでいるんだなと思う。

ロンユーは、なにをしているのだろう。会議をしているのだろうか。「次の秋はあたたかく」とか「この日は東から風」とか「昼から晴天に」なんて、無茶を聞いているのだろうか。

今は謁見の時間かな。たくさんの人がぼくのロンユーに、話を聞いてもらいに来ているに違いない。

早く会いたいなあ。ロンユー。まだかなあ。

やがて、早い足音が聞こえる。カナメは扉の前で待つ。扉が開いてロンユーが入ってくる。

カナメは甘え声を出してお迎えする。

「ただいま。カナメ、寂しかったか。俺は寂しかったぞ」

ロンユーはそう言って、抱き上げてくれる。一匹と一人は軽い昼食をとる。ロンユーは、カナメに今日あったことを話してくれて、午後からはここ左の宮の執務室で仕事をする。時間を見計らって、カナメはロンユーにおもちゃを運んでいき、ロンユーは遊んでくれる。

夕食を食べたあとは、ロンユーの部屋で寝る。

穏やかで、なにごともない日々。

カナメは、前のように、早く帰らないととあせる気持ちが薄らいでいた。

まずいような気がしないでもない。身体が猫なので、どんどん、猫になっている気がする。

でも、それでもいいとも思ってしまう。

帰ったってなにがあるでもない。このまま、ここで、ロンユーに可愛がられて、猫になってしまったとしても、それでいいんじゃないか。

「一匹と一人は、いつまでも幸せに暮らしました」で終わるの、素敵なんじゃないかな。

だが、そんな日々に激震が走った。


それは、いつもと変わらぬ朝だった。朝食のあと、ロンユーは執務のために名残惜しそうに私室を出て行き、カナメは怠惰に衝立のうしろにある自分のスペースで身体を伸ばしていた。

ふいに室内が騒がしくなった。侍女たちだ。ロンユーがいない間に部屋の掃除にやってきたのだろう。

彼女たちは、なんだか浮き浮きしている。声が、弾んでいる。なにがあるのだろう。カナメはぼんやり聞いていた。

「うふふ。今日こそ、ですよね」

「そうよ。ああ、夕餉《ゆうげ》が楽しみ」

「ロンユー真君の悶絶顔《もんぜつがお》が見られるに違いないわ」

悶絶顔？　それを楽しみにしている？

ロンユーは、慕われていると信じ込んでいたが、それは勘違いだったのだろうか？　ひどく嫌われているのだろうか？

ま、まあな。人間なんて、裏表があって当然だ。こちらでも同じだなと、納得したくらいなんだが。

けれど、残念に感じている己を否めない。

ここは、優しい世界であってほしかった。ロンユーは、民《たみ》に芯から好かれている賢王であってほしかった。

「料理番も張り切っているって」

「そうでしょうね」

「今回は、朱雀の三倍殺しですもの」

——待て。「朱雀の三倍殺し」？

ぞくっと、カナメの背中の毛が逆立った。

それは、ロンユーを毒殺するということか？

こうなってくると、穏やかではない。

――……。

王の毒殺。それは、非常にありがちなことだ。歴史を学んだのだから、知っている。旗《はた》印《じるし》がいなくなれば、政権は動揺する。

しかも、だ。

半日はぼーっとして歌や踊りやらを見て、ダメ出ししている、そんな男だ。

王の資格なしとして、毒殺されるのも、あり得ないことではない。

そんなことに、口出しできる身分ではない。だいたい、猫だし。元々が、異世界の住人なのだし。

なにもしないのが一番だ。

だが、井戸の底に飛び込んで、自分を抱き上げてくれたときに見た太陽。射し込んだあの光が照らした泣きそうな、安堵と歓喜の表情。

弱い、ただ、鳴くだけしかできない子猫にあんなふうに接してくれた男。

彼がいなくなってしまうのに、耐えられない。

なんとしても、ロンユーを救わなくては。

そう思って、私室に帰ってきたロンユーにしきりと訴えるのだが、今日もご機嫌のロンユーは、「うん、どうした、カナメ？　おなかがすいたか？　庭が見たいのか？」などと、的外れなことを言う。

――ああっ！　人間の言葉が話せればよかったのに。

そうしたら、ロンユーに毒殺の一件を伝えられるのに。ロンユーの近くでどうしたらいいのか、うろうろしていたカナメだったが、「こうなったら実力行使しかない」と決意する。

夕食の時間になったら、侍女がロンユーの部屋に膳を運んでくるはずだ。渡り廊下で待ち伏せて、ロンユーの食事をたたき落としてくれる。人間だったらタダではすまないだろうが、ロンユー真君お気に入りの猫のすること。大目に見てくれるに違いない。

そう画策して、張り切っていたカナメであったのだが。

なんと。

「すまぬが、カナメ。おまえは食事が済むまでこちらの部屋に待機しておれ」

カナメは、いつのまにか近づいたロンユー本人に、すっと脇から手を差し入れ抱き上げられた末、客間に閉じ込められてしまった。心なしか、ロンユーは浮かれているようだ。

なんでなんだ。

もしや、今日が最期の食事だからとご馳走《ちそう》が用意されていて、ロンユーの好物ばかりとか、そういうんじゃないだろうな。

――食べちゃダメ。殺されちゃう。

どうしよう。

どうしたら、いいんだろう。

この部屋の前には見張りがいる。そろそろ、夕食の時間になる。いつもなら、自分はロンユーのそばで食事をしているころなのに。カナメは必死に考えた。

そう、こうなったら。

カナメは、激しく鳴きたてた。

「うにゃ、うにゃにゃにゃー！」

それから、哀れっぽく。

「ふにー……ふに、ふにー」

外で、見張りの武官が慌てている気配がする。

「なにやら、猫が騒いでいるが」

「ロンユー様と食事ができなくて、すねているのであろう」

「この猫は、ロンユー真君のお気に入りで、一の侍従の位を賜っているのだぞ。何かあったら、俺やおまえの首が飛ぶだけでは済まぬ」

二人が話しあっている気配がする。

あともう少し。カナメは、よりいっそう、か細い声を出して、二人の哀れを誘う。

「みー……みー……」

二人は、押し黙った。

「まずいな」

「ああ、見てみるか」

鍵が外される音がした。扉に、ほんの少し、隙間ができる。二人が覗き込んでくる。

「……ふ、ふみ……」

決して手を抜かず、カナメはさらに声を出した。

見張りの二人は、いっそう広く扉をあけてカナメの無事を確かめようとする。いい人たちだ。でも、ごめん。

扉の隙間が、ちょうどカナメが出ることができる広さになった。カナメは弾丸のごとく素早く外に走り出た。

「あ、おい」

「こら、待て。そちらに行ってはいかん」

見張りの武官たちが自分を追ってくるが、短距離であれば、負けるカナメではない。廊下を走り、ロンユーが食事をする部屋に、カナメは走り込む。足音は立てない。だから、だれも、カナメに気がついていない。ロンユーは、日々の食事では、一時に食卓に並べるのが好きだ。どれだ。どれに、毒が入っているのだ。

「そちらが朱雀から取り寄せた珍味でございます」

「ほう」

ロンユーが小鉢を覗き込んでいる。

――これだ。

カナメには、わかった。ロンユーが箸でそれをつまむと、侍従も文官も武官も侍女も、みなが静まりかえって、注視したから。

なんで、気がつかないんだ。ロンユー、それは毒なのに。

ロンユーの箸にかかっているそれは、かんぴょうに似ていたが、いかにも禍々《まがまが》しい赤色をしている。

口が利けたら――……人間だったらよかったと、今ほど思ったことはない。人間であれば、「食べちゃダメだ！」って、大声で叫べるのに。

カナメは、卓の上に躍り上がった。

「カナメ？」

ロンユーが驚いている。箸が止まっている。ラッキー。

だが、どうしたらいい。

手でたたき落とそうとしても、猫の手ではうまくいきそうにない。猫パンチを決めたとしても、ロンユーはその料理を落とさないだろう。

――こうするしかない。

カナメはその料理を口に咥えた。

そして、卓から飛び降りた。飲み込むつもりはなかったのだが、それに舌でふれてしまった。

——悶絶顔が見られるに違いないわ。

侍女が言っていた通り、カナメは悶絶した。

痛い。

「みぎゃあああああああああ！！！！」

この料理が、辛《から》すぎて、痛い。

辛味ショックが、脳天まで突き抜ける。

激辛にもほどがあるだろう。

「カナメ？」

もんどりうって、廊下に出る。執務室の衝立の陰に走り込む。そこにはカナメのために、いつも水が置いてあった。

「から――――――い！」

叫んで、カナメは水の器を持つと、一気にあおった。

「は、あれ？」

今、ぼく、言葉を発した？　手を見る。すべすべの人肌の手。ひっくり返しても、長い爪も肉球もない。

五本の指でグーパーしてみる。それから、その手で頰にふれる。毛など、一本もない頰。

——人間に、戻ってる？

どくん、どくん。

心臓の音が大きく響く。

急いで鏡を見る。自分だ。まがうかたなき人間の自分だ。ここに落ちてくる直前の、白兎神社にいたときに着ていた黒の詰め襟姿をしている。まだ、学校は冬服だったのだ。

カナメはあせった。なんで、いきなり？　人間だったら、伝えられるのになんて思ったから？　だから、こうなったの？

ああああ！　心の準備が、まだ全然できていないというのに、そんないきなり。「もう、猫でもいいかー」なんて思っていたのに、そんな。そんな。

それにしても、口が辛い。

「から、から、からーい！」

辛いと感じているということは、自分は生きているってことで。ということは、あれは、毒ではなかったということだ。ロンユー毒殺計画はなかったってことだ。それはよかったんだけど、でも、辛いー！

衣擦《きぬず》れの音がした。ロンユーだ。

「カナメ……？」

衝立の向こうから、ロンユーがおずおずと聞いてくる。

なんて、返事をしたらいいんだ。

カナメは口で猫の鳴き真似をした。

「にゃあ」

いや、違う。これは、もう、完全に人間だよ。人間が、猫の鳴き真似をしているだけだよ。

だって、しょうがないじゃない。人間なんだもの。

「おまえは、誰だ？」

ロンユーの声が鋭くなっている。

「カナメを、どこにやった？」

真剣な声。ロンユーは、猫カナメをたいそうに可愛がっていた。それなのに、人間だったなんて。騙していたも同然だ。だが、ここでなんと言えば、ロンユーに「猫のカナメがいなくなり、人間が現れた」ことに納得してもらえるのか、カナメにはさっぱりわからない。

なので、しょうがないので、正直になることにした。

「ぼくが、カナメなんです。みなさんの言う『異界』からこちらに落ちてくるときに、猫になってしまって」

「顔を、見てもいいか」

いいとも悪いとも言わないうちに、ロンユーは立ち上がると衝立を取り払った。

「ひっ」

カナメは、思わず自分の顔を隠してしまう。その腕を摑んで、ロンユーは乱暴な勢いで顔をさらけ出させた。

「うう……」

ロンユーの顔を間近に見てしまった。彼の黒い瞳が、こちらを見ている。彼の顔が、ひきつれた。

きっと、がっかりしたのだろう。

「そうか……なるほど……。おまえがカナメか……」

――ああ……。ぼくは、彼から猫カナメを取り上げてしまったんだ……。

あんなに可愛がっていた子猫が人間だったなんて、さぞかし、失望しただろう。

――どうして、人間に戻っちゃったんだよ。

そう思うのは理不尽だ。人間だったらと願ったのは自分なのだから。

ロンユーは衝立を元に戻した。

――そっか。もう、この顔を見たくもないってことか。

「おまえには、いろいろと聞きたいことはあるが。『朱雀の三倍殺し』を口にして、平気だったか。辛かったろう」

ロンユーは、感情を押し殺したような声で言った。

この人は、大物だな。こんなときにも、冷静でいられるんだ。

「辛くて、死ぬかと思いました」

正直に答える。今でも、舌がひりひりする。もしかして、猫だとあの辛さに耐えられないから、人間に戻ったのではとさえ、思える。

「それにしても、なぜ、あのようなことをした？　私の食べているものを奪ったことなど、なかったのに」

静かな声で、ロンユーは聞いた。

おそらく、ここでごまかしても、この人にはわかってしまうだろう。低く落ちついた声ながら真実を見抜く力を、彼の口調から感じた。

「ロンユーが、毒を、仕込まれたと、思って」

カナメは、しかたなく侍女たちの会話を話した。

「そうか。それで、俺の食事を自ら口にしたのか」

ロンユーが説明してくれた。

「あれはな、『朱雀の三倍殺し』と言われる調味料を使った山菜の炒め物だ。俺は、辛いものが好きなのでな。料理長が特別に取り寄せてくれたのだ」

「えっと、じゃあ……」

カナメは、必死になって、頭の中を整理する。

「朱雀の三倍殺し」とは、激辛唐辛子のごときもの。

そして、ロンユーは辛いものが好き。

「ということは、毒じゃない……――？」

あれは毒を盛ったわけではない。それどころか、むしろ、おもてなしの部類に入るのでは。

――そっか。

なんという、早とちり。

「よかった」

「よかった？」

思わず発した言葉を、ロンユーが聞きとがめる。

「ああ、すみません。ロンユー……様をどうにかしようなんて人がいなくてよかったということです」

この国の人たちから慕われているロンユー。みなの太陽のロンユー。

そうでよかった。

「カナメ。おまえは俺が毒を盛られたと思い、助けようとしてくれたのだな。もしあれが毒であれば、自らが危ないというのに。心配をかけてすまなかった」

「別に、言われるほどのことではないです」

カナメはちょっとつんとして答える。だって、あまりにもあほたれで、恥ずかしい。もっとちゃんと調べればよかった。突っ走ってしまったから、あんなことになったのだ。

ロンユーは言った。

「俺に毒を盛るような者は、この翠雨苑におらぬ。みなを信じているという、そのような曖《あい》昧《まい》な理由ではない」

ロンユーは、続けた。

「それは、俺が仙王だからだ。次の仙王が定まらぬまま、俺が倒れればこの国は失王となり、荒れ果てる。俺は、この国そのものなのだ」

この国そのもの？　それってどういうこと？

仙王だから？　仙王ってなに？　ふつうの王様じゃないの？

「第一、毒ごときでは俺を殺すことはできぬ」

「それって……」

どういう理屈なのかと聞こうとしたとき、侍女が部屋に入ってくる気配がしたので、聞きそびれてしまった。

「まだ、口の中がつらかろう？」

器をロンユーが衝立の向こうから差し入れてくれた。白いどろりとしたものが入っている。

「これは、なんですか？」

「甘酒だ。口に合えばいいのだが」

口をつけてみる。

甘い。おいしい。

ロンユーは、優しいな。騙されていたのに、こんなことまでしてくれる。申し訳ないのと、もう、ロンユーは自分を可愛がってはくれないのが残念なのと、甘くておいしいのとで、カナメは泣きそうになってしまう。

うう。泣いてはだめだ。せっかくの甘酒がしょっぱくなってしまう。

「万が一、『朱雀の三倍殺し』をカナメが口にしたらたいへんだと思って、閉じ込めておいたのだが、かえっておおごとになったな」

「すみません」

ああ、あのとき、あのまま、おとなしくしていればよかった。そうしたら、今ごろ、猫のカナメとロンユーは仲良く遊んでいられたのに。

だけど、ロンユーが毒殺されてしまうかもと思ったら、やっぱり、なんとかせずにはいられなかった。

馬鹿だ、自分は。

あんなに楽しかった日々を。甘い幸せを。自分で手放してしまった。ロンユーは、自分を許すまい。

「カナメ」

彼がまだいるとは思わなかったので、カナメはびっくりする。まるで、野生の動物みたいだ。自分の気配を消してしまえる人だ。

「まずは、そなたの望みを聞きたい。これから、どうしたいのだ？」

猫に戻りたい。まずは、そう思った。

ロンユーの懐に潜っていると、なにものからも守られている気がした。撫でられると、喉が嬉しさに震えた。甘くささやくロンユーの声。さらに甘く鳴く自分。

だが、カナメは首を振る。ロンユーに嫌われてしまった。再び猫になったとしても、信頼は取り戻せまい。

元に戻りたいという、その願いを口にすることさえ、はばかられる。

思えばはかない、そして、貴重な時間だった。

カナメは答えた。

「元の世界に、戻りたいです。受験があるので」

「受験？」

「ええと、大学という、学び舎があって、それの試験があるのです」

「科選《かせん》のようなものだな。そうか……」

ほんの、ちょっとだけ、間があった。カナメは思った。

引き止めてはくれないだろうか。

――カナメ、人間のおまえをもっとよく知りたいのだ。帰らないでくれないか。

そう、引き止めてくれたら。

そう思ったのだが、ロンユーは「それなら、しかたあるまい」とうなずいた。

——そうだよね。

実際に引き止められたとしても、きっとカナメは困っただろう。いいのだ、これで。

ロンユーが遠い。あの、井戸で助け出されたときから感じていた、常に近くにいる感じ。

親しみ。信頼。それがなくなっていた。

「腹はすいているか？」

カナメは首を振る。

「稀月の客人は久方ぶりだ。客間を用意させるゆえ」

そう言って、ロンユーは去って行った。

——客人。客人、か。

そうか、そうだよね。

なじんでいたこの世界もまた、遠のいた気がした。

猫であったときには、この世界の一員である気がしていたのに。今はどうだろう。ここは、違う世界で。ロンユーは王様で。自分は帰らないといけない。

そんな気持ちになっている。

カナメに与えられた客間は、先ほど猫カナメが閉じ込められた部屋だった。夜着に着替えて寝台に横たわりながら、カナメは考えている。あのときの部屋を割り当てるとは、偶然か。

それとも、ロンユーからの「おまえと猫のカナメは違う」という戒《いまし》めなのか。

庭から水音がしている。眠れない一夜を、カナメは過ごすことになった。


それでも、うとうと寝てしまったらしい。気がついたときには朝になっていた。侍女が「ロンユー様より、朝食のお誘いでございます。お召し替えを」と服を用意してくれる。こちら風だが詰め襟が学生服っぽい服だった。

それを着用して、サンルームのような朝食をとる部屋に赴く。猫カナメ用の低い卓はなく、かわりにもう一つ、カナメのために椅子が増やされていた。

ロンユーが、しかめつらをしてカナメを見た。

「カナメがなにが好きかわからぬので、粥にしてみた」

「お粥、好きです。猫のときもおいしそうだなって思ってました」

「そうか」

お粥は土鍋に入っている。そして、肉そぼろとか、しぐれ煮とか、魚を焼いてほぐしたもの、山菜の漬け物、根菜のきんぴら、卵の炒《い》ったものが、添えられていた。

「好きな物を好きなだけ入れて食べるがいい」

「ありがとうございます」

いただきます、と手を合わせてから、カナメは箸をとる。そういえば、うちの父親もお粥が好きだったな。日曜日の朝によく食べた。熱くてやけどしそうになるんだ。

——カナメ、表面を掬うようにすると、そんなに熱くないんだぞ。

そう言ってたっけ。さらに、カナメのお粥は、母親がふーふーとさましてくれたんだ。甘やかされていたんだなあ。

ずっと、両親のことは遠い存在として、封印していた。具体的なことは思い出さないようにしていた。それなのに、皮肉にもこの遠い異世界、百葉界の翠雨苑なんてところに飛ばされて、そこで、こんなにありありと、思い出している。

「すまぬ。熱かったか？」

「いえ。父親がお粥が好きだったことを思い出しました」

「そうか。そなたの親がどんなに心配していることか。早く帰りたいであろうな。今、調整しているので、もう少し待つがいい」

まあ、自分を待っている人なんて、いないのだけれど。それをわざわざ口にする必要はないだろう。

それより、カナメは気になっていることがあった。

「ロンユー……真君様」

「ロンユーでよい」

「ロンユー。どうして、ぼくがカナメだってすぐに信じてくれたんですか?」

猫が人になる。カナメのいた世界だったら、信じてくれる者はおるまい。

だが、ロンユーはすぐに納得してくれた。

——もしかして、なんかこう、オーラ的なものが見えるとか、そういうことかな。

だが、ロンユーは戸惑っている。

——なにか、おかしなことを言ったかな?

「それは……」

彼は、難しい顔をして口ごもった。ひどく、言いづらそうだった。

「そなたが、辛いと叫んでいたからだ。それに、カナメの寝床にいたであろう?」

「そっか……。そうですね……」

そう答えつつ、カナメは気がついていた。

ロンユーは、ほんとうのことを言っていない。もちろん、それも、カナメを信じた理由のひとつではあろうが、肝心のことを伝えてくれていない。

そんな気がした。

けれど、それを追及してどうなるのだろう。

蜜月は終わった。自分は異界からの客人で、客はいずれ帰るのだ。この人にも、この世界にも、深入りするべきではない。

――早く、帰ろう。帰って、ここのことは夢にしてしまおう。そのために、がんばろう。

そう、カナメは決意した。


とは言ったものの。

朝食のあと、ロンユーが執務のために宮を出て行ってしまうと、カナメは手持ち無沙汰《ぶさた》になってしまう。

「ぼくにできることは、ないんだよなあ」

与えられた客間で、ぼうっと庭を見ているぐらいが関の山だ。

猫であったときと変わらない生活だが、猫と違って、心苦しい。侍女や従者に、なにか手伝えることはないか聞いたのだが、とんでもないと部屋に戻されてしまった。

ロンユーが帰ってくるまで、なにもすることがないし、話し相手もいない。

家出するなら、参考書も持って出るべきだった。そんな反省をしても遅い。そういえば、スケッチブックをまだ返してもらっていない。あれは、持って帰るつもりだ。

「あ……！」

この足音。ロンユーだ。こちらに来る。カナメは猫時代と同じく、扉の前で待った。ほどなく、ロンユーが部屋に入ってきた。

入ってすぐのところで待っていたカナメを見て、ロンユーの唇にもやのような笑みが浮かぶ。

「待たせてすまない。腹は減っていないか。おやつに、このようなものを持ってきた」

背後の侍女が捧げ持っていたせいろの中には、こぶりなまんじゅうがいくつか。

箸がないなと思っていると、ロンユーがそれを手に取った。手でいいのかと納得して、カナメもそれを取る。

あたたかなまんじゅうの中には、みじん切りの野菜を混ぜた挽《ひ》き肉《にく》が入っていた。お醤《しょう》油《ゆ》と隠し味の香辛料が、いいアクセントになっている。

「おいしいですね、これ」

二個目を手にしながら、言う。

「それはよかった。下町に、こういうのを作ってくれる店があって、よく行ったものだ。もう、七十年以上、昔のことだが」

七十年？

聞き間違え……――ではないよな。

ロンユーはどう見ても、三十歳そこそこだけれど、まだ猫だったときに、ナガライさんもそんなことを言っていたのを聞いた気がする。

もしかしたら、こちらでは暦の数え方が違うのかもだけど。そうではなく、なにか、もっと違う理由があるのかな。

人間になった今なら、訊ねることができる。

——知りたい、けど。

だが、ここから立ち去ろうとしている自分には聞く権利はないような気がした。一通り食べ終わり、花を浮かべた茶がふるまわれる。

思い出したように、ロンユーが言った。

「そうだ、カナメ。手を、出してくれないか」

なにをしようというのか。わからないままに、カナメは手をロンユーに預けた。

「失礼する」

自分の中に、温かいものが流れ込んでくる。それは、カナメの全身を満たした。

——なんだろ、これ。

「気分が悪いとかはないか」

「いえ。むしろ、とっても……——なんかこう、うっとりしちゃうくらいに……気持ちいい、です」

少し頬が上気しているのを感じる。温泉に入っているみたいな心地よさだ。

「……」

ロンユーは、なぜか、押し黙った。自分はそんなにおかしなことを言ったのだろうか。ロンユーの目がそらされる。

「そ、そうか。それは、よかった」

彼は、どうしてか、口ごもっていた。

「ロンユー、なんですか。今、入ってきたものは」

「これは、仙気というものだ」

ロンユーは説明してくれた。

「天帝の造りたまいしこの百葉界は、仙気で満ちている。仙気は、天候を左右し、実りをもたらし、土地を肥えさせる。なくてはならないものだ。だが、まれに異界から来る者の中には、この仙気を呼吸する器官がない者がいる。自分の中に取り込むことができないのだ。すると、仙気は、その者に害をなす」

仙気を呼吸だか消化だかするための器官が、こちらの人たちにはあるらしい。同じ人間だと思っていたのに、違う器官もあるのだと知る。

「その者がこちらの世界で生きるためには、こなれた仙気を与える必要があるのだ。ふだんから与えているのなら、このように手や抱擁でよいのだが、あまりに不足しているときには、口から仙気を送ってやったほうが早い」

「え、じゃあ……」

カナメは思いだしていた。子猫のときにロンユーからされた口づけ。

あれは、キスじゃなく。そうじゃなく。

お母さん鳥がひなに餌を与えるようなものだったんだ。

道理で、あれをやったあとは、苦しさが消えたはずだ。

ロンユーは謝る。

「あのときは、さぞかし驚いたろう。すまないことをした」

「とんでもないです！」

なんて、恥ずかしい勘違い。

だが、今さらだ。ロンユーの激辛料理を毒と思って奪った自分だ。

それに、もうすぐ、カナメはここから去るのだ。

「そういえば、ぼくの帰還はどうなってますか」

「異界への門があいているのは、稀月の晦《つごもり》まで。あと、四十日ほどだな。それまでは異界に帰ることが可能だ」

「もし、それを過ぎたらどうなります？」

「次の稀月は三十二年後だそうだが、そのときにカナメの世界と繋がるかどうかは、わからない。天帝のお気持ちひとつだからな」

「お気持ちひとつ」

お気持ちって、ようは気まぐれってことじゃないか。そういうことだよな。

「ぼくの世界では、天文は物理的な規則で動いているものなんだけど……」

「百葉界では、天帝の恵みと仙気で太陽と星と月は動く」

この世界のしくみは、自分の世界と違いすぎる。

「カナメは、すぐにも帰りたいだろうが、異界への門は、上空にあいている。今だと、幽《ゆう》境《きょう》あたりになり、そこまで、橋を架けねばならぬ。二、三日、待ってくれ」

「はい」

あと、二、三日か。できるだけ早く帰って、ここのことを忘れたいのにな。いっときの、夢にしてしまいたいのに。

「すまぬ。そなたの親兄弟が心配しているであろうな」

「親も兄弟もいません」

ああ、しまった。言ってしまった。前に聞かれたときには、ごまかしたのだけれど、考えごとをしていたせいか、ポロリと漏らしてしまった。

「そう……なのか？」

しみじみと自分を見てくる。ロンユーは驚いているようだった。言い訳するように、カナメは事情を話す。

「兄弟は元々いなくて、両親は事故で亡くなっていて、親戚の家に、お世話になっています」

「それでは、その親戚が、気にしていることだろう。このように、愛らしい子がいなくなったのだから」

「いえ」

ついつい、言わずもがなのことまで言ってしまう。

「たぶん、ぼくの心配とかは、それほど、していないと思います。自分たちの息子がいますし」

「そうなのか？　そうか」

ロンユーが、なんだかそわそわしだした。

彼は、なにか言いかけた。

だが、結局は口にすることなく、立ち上がり、部屋を出て行ってしまった。

――引き止めてくれるのかと、思った！

まあ、いいんだけど。知ってるんだけど。

ロンユーが可愛いと思っているのは、猫カナメであって、ぼくのことはなんとも思っていない。人間になったとき、顔が引きつっていたくらいだもの。

侍女が一人分の夕食を持ってきた。

「ロンユー様は、カナメ様のご帰還のために、まだ前の宮にいらっしゃいます。夕餉は一人でとってくれとのことです」

一人で食事をしながら、カナメは考えていた。

――物足りないな。

寂しい。そうか、これは、「寂しい」だ。

いっそ、苦しくなればいいのに。仙気が足りなくなればいいのに。そうしたら、大声で、ロンユーを呼べるのに。ロンユーはきっと、駆けつけてくれるのに。

そんなことを考えて、ロンユーの優しさにつけこむことはしちゃだめだろと自分に言い聞かせたりした。

もやついた気持ちを抱えたまま、カナメは朝を迎えた。

■05　カナメの帰還とさぷらいず

帰れるめどが立ったのはいいことだ。

自室で、カナメは帰還後のことを考える。

親戚になんて言い訳すればいいだろう。

しおらしくうつむいて、「自分が生まれ育った家を見に行っていた」のだとでも言うか。

あの家は、とうに売り払われ、あとにはマンションが建っているのだが。

そういう、しおらしい話が親戚には好まれるだろう。少なくとも、異世界に行ってきたなどという素《す》っ頓狂《とんきょう》な実話よりは数倍ましだ。

「失礼いたします、カナメ様」

声をかけられて、扉が開く。

そこには、ホンイエンが立っていた。カナメは彼を迎えて、言った。

「ホンイエン様、私に『様』づけはやめてください。ホンイエン様のほうが、ずっと年上だし、文官筆頭でいらっしゃるのですから」

「いいえ。一の侍従は、位で言えば私よりもずっと上です。そこは譲れません。私のことはホンイエンと呼び捨てにしてください」

なかなかに、ホンイエンはかたくなだった。

「ロンユー真君がカナメ様の帰還の用意で忙しく、退屈でしょう。改めて、こちら翠雨苑をご案内させていただければと」

なんで、今さら？　これから帰るだけの自分なのに？

「いえいえ、お忙しいホンイエン様に、そんな」

「いえいえ、ぜひとも、ご案内したいです」

「帰るから、いいんで」

「帰る際の土産《みやげ》と思って、ぜひ」

しまいには、押し切られる形で、カナメはホンイエンに続いて廊下に出ることになった。

翠雨苑の睡蓮池の上にある渡り廊下を通る。

「ここは、百葉界。仙境の宮、翠雨苑と申します。本日は、曇っておりますね」

カナメは薄曇りの天候を見る。

「そうですね。今しも雨が降りそうだ」

「あの方が、あなたの帰還にがっかりされておられるのでしょう」

「あの方というのは、ロンユーですか?」

「はい。我らの仙王、ロンユー真君です」

カナメは苦笑する。

「なんだか、天気を左右しているのがロンユーみたいな言い方ですね」

ホンイエンは、わずかに口元をほころばせただけだった。なのに、「あなたは、ロンユー真君をご存じない」と言われた気がした。カナメは自分がひどく物知らずになった気がした。

二人は沓を履き、睡蓮池の中道を歩く。

「あの方は、猫のカナメ様をたいそうに気に入っていらっしゃいます」

「それは、猫のカナメのことでしょう?」

人間の自分には、ロンユーは冷たい。もう、猫であったときのようには可愛がってもらえない。

「いいえ。あの方は人のあなたもまた、ここにいてほしいと願っています。けれど、同時に、元あった場所に戻してやるのが一番なのだから、早くしてやらないとともお考えです」

「ロンユーが……ぼくを……」

ふわりと、胸の奥に歓びの種が芽吹く。

「いや、いやいやいや」

カナメは首を振る。そんなわけ、ない。人に戻ったときあんなにがっかりしていたじゃないか。

「それは、ないですよ」

「長くロンユー真君に仕えている私には、そうは思えません。カナメ様。どうか、せめて異界への門が閉まる稀月の晦日《つごもりび》までいていただけないでしょうか」

それって、ロンユーの機嫌を取るために、カナメにここにいてほしいってこと？

ロンユー一人のために？

いくら、ロンユーが王様とはいえ、人権を無視していないか。カナメの都合はどうなる。封建的すぎって思える。それって、自分が現代人だからだろうか。

つい、カナメは言葉にしてしまう。

「そんなに、あいつ――……もとい、ロンユーの機嫌が大切なんですか」

「大切です」

きっぱり返ってきて、カナメは驚いてしまった。

「え……」

ホンイエンは笑い出した。この人、こんなふうに笑うんだ。

「ああ、あなたは、ほんとうに異界の方なのですね」

表門まで行くと、ホンイエンは門の上までカナメを上らせてくれた。表門側から、下を見る。

「扇状地だ」

扇状地は、山間の急河川が土砂を押し出すことによって作られるはずだ。ここにはそのような川もないのに、扇形に土地は広がっている。緩く下り、やがて平地となっている。

「どこかで、これ、見たな」

そうだ、まだ猫であったときにロンユーと湯殿に入ったときに見た。あの広い浴槽の形は、これを模したものだったのだ。

「これが青龍国でございます。背後にそびえるは須弥山。天帝が太陽を司《つかさど》られる場所です。翠雨苑から須弥山は『仙』の領域、仙境となります。平地から人の住む人境《じんきょう》が始まり、やがて海となり、幽境に繋がっております。そして、この山が」

ホンイエンは、平野の両側を指し示す。どちらも、山になっている。

「この山が国境となっております。こちらから右が朱雀国、左は玄武国と接しております。その二つの国の間に白虎国がございます。ただし、人境からでは国境《くにざかい》を越えることはできません。幽境にまで船を進めるか、須弥山を行くか。天帝のおわす須弥山に入ることができるのは、天帝の僕たる聖獣と仙王のみです」

「なんか……——自分の知っている世界と、法則というか、成り立ちが、違う……」

「そちらにはそちらの世界の法則があるように、こちらにはこちらの世界のことわりがございますから」

　ホンイエンは続けた。

「天帝が造られたこの国は仙王、つまりロンユー真君によって統治されております。ロンユー真君が、天候も、どの土地を肥えさせるのかも決めるのです。すべて、仙王の思いのままに国は造られます」

「へ、へー。すごい。ほんとに、仙人みたい」

「そのかわり、仙王はこの門から外の地を踏むことはできません。この仙境から人境に足を踏み入れれば、この国は王を失します。王を失するということは、ことわりをなくすこと。ロンユー真君は、この国を統《す》べるかわりに、ここから出ることはかなわないのです」

　ここから、出られない？　この翠雨苑はとても、きれい。美しい場所。だけど、出られないなんて。

　そんなの、きれいな牢獄じゃないか。

「さらに、仙王は、不老長寿です。私どもより、はるかに長く生きます」

　七十年前にどうのこうの言っていたのは、聞き間違いじゃなかったんだ。ロンユーは、そんなにも長い時間を生きているんだ。

「仙王の一番の役目は、常に心を平《たい》らかにして、国を治めることなのです。ロンユー真君のお心は大切です。国の盛衰にかかわるのですから」

ホンイエンは、人境を見ながら説明した。

「ロンユー真君はもとは貴族の嫡男、武人の出なのです。若くして先代仙王の覚えめでたく、警護を兼ねた側近となりました。前仙王から王位を継ぐように申しつけられたのですが、最初は辞退されました。候補が複数いらっしゃったからです。けれど、仙王となるべく、意気揚々と天帝に謁見しようとした三人の仙王候補は、翠雨苑から須弥山に入るための天門を開くことさえかなわなかったのです。国が混乱する中、前《さき》の仙王が亡くなりました」

仙王がいなくなるって、一大事なんだよね。前に、ロンユーが言っていた。

「失王……？」

「そうです。正解です。失王という、最悪の状態になりました。太陽は照りつけたかと思えば、雲に隠れて何日も姿を見せず、極寒の翌日には灼熱となりました。干ばつが続き、雨が降れば豪雨となりました」

国が荒れ果てていく。

「それなのに、候補三人は、互いに争っておりました。そんな事態ではなかったのに。ロンユー真君は、その三人から翠雨苑を奪還し、天門より須弥山に登り天帝の宣旨を受け、仙王となり、国が治まりました。今から、七十三年前のことになります」

「でも、そんななかで、機嫌よくって、難しくないですか？」

「そうなのです！」と、ホンイエンは力強く言った。

「我らもロンユー真君に楽しんでいただきたい。ご自身も、この翠雨苑で生きがいを見つけようとされておられるのですが、なかなかうまくいかないのです」

それはそうだろう。

カナメは、風呂の中で見た、ロンユーのたくましい体つきを思いだしていた。あんな身体なのに、芸事を退屈そうに見ていた彼。そこに、ずっと違和感がつきまとっていた。

「仙王は、毒でも傷でも死にはしません。長い寿命を全《まっと》うします。けれど、お心が塞がれば、亡くなるのです。そして、そのときには、この青龍国は、また失王の状態になりましょう」

ロンユー一人が、みんなのために平らかに生きる。そんな重いものを背負わされているなんて。

「七十三年前の、まだ仙ではない真君を知っている者はすでにいないのですよ。最後の一人である末の弟ぎみも、去年、老衰でみまかられました。そのときに、真君がつぶやかれたお言葉が、私には忘れがたいのです」

——生きている俺を知る者は、いなくなってしまったのだな。

では、今は？

生きていないの？

そんな悲しいこと、言わないでよ。

猫のカナメといっしょにいて、抱き上げてくれたあなたは、とても嬉しそうだったのに。

ぼくは、あなたに生きがいを与えて、取り上げてしまったことになるのかな。

それって、もしかして、とても残酷なことじゃないのかな。

ホンイエンは言った。

「そんなロンユー真君ですが、あなた様の来訪より、たいへんにご機嫌がよくていらっしゃいました」

「それは、単に猫が好きだったのではないでしょうか」

ロンユーが好きなのは、どう考えても猫カナメであって、自分ではない。

「いいえ、あなたゆえです。あなただからです。今も、引き止めたい気持ちをおさえていらっしゃるのです。『カナメは、帰すのが一番よかろうな』と、つぶやいていらっしゃいました。ご本人が、元の住まいから翠雨苑に、いわば、人から仙になったロンユー真君です。カナメ様のことを思ってのことでしょう」

「いやいや、そんな。ほら、ぼくは大学受験もあるし」

「大学受験とは、こちらの世界で言えば、科選でございますな」

ホンイエンが言う。

「青龍国でも、一般に学問の門戸を開いているのです。優秀者は科選という試験を受けて、翠雨苑の学問院に入ることができます。かくいう私も、その一人です」

「じゃあ、わかってもらえると思うんですけど。早く帰って勉強を再開しないと。今までやってきたことが無駄になってしまうんですよ」

「受験日はいつですか」

「あと、半年とちょっとくらい……」

きらっと、ホンイエンの目が光った。

「最初にロンユー真君に拾われなければ、仙気の不足であなたはどうなっていたことか」

うう。痛いところを突いてくる。

「井戸に落ちたときに、助けられましたよね。仙王の身分でありながら、自ら飛び込み、お召し物を泥だらけにされて」

おおお。そう。そうなんだよ。

「そのように、優しくしていただいたご恩を忘れて、帰られると？　まあ、いいのですよ。お忙しいのでしょうから。お帰りになるときには、翠雨苑は大雨となりましょう。おかわいそうなロンユー様」

くくくく。

カナメは、ホンイエンの説得に負けた。

ううん、そうじゃない。

もし、猫のカナメじゃなくて自分がいることでロンユーが慰められるというのなら、いてもいい。本気でカナメはそう思ったのだった。

帰りには、また、池の中の一本道を帰る。

きれいな睡蓮の池。

カナメにはこれは、ロンユーが、アンバランスなあの人が、必死に保っている心の形のように思えてしかたなかった。

「わかりました」

「いてくださるのですね、カナメ様！」

しょうがない。恩をかえそう。

そうしないと、仁義が立たない。

それに、もう一度くらい、ロンユーの笑顔を見たいと思わないでもないこともない。


ロンユーの足音はすぐわかる。わかるようになってしまった。

「カナメ」

扉が開き、カナメの部屋にロンユーが入ってきた。彼は、カナメを見つめる。

「そなた、晦日までここにいるというのは本当か？」

「うん。お世話になります」

「ホンイエンになにか言われたのか？　気にすることはないのだぞ」

お見通しってわけか。

それにしても、ホンイエンさんは、人カナメのことを気に入っていると言っていたけど、ほんとかなあ。今も「早く帰れ」って言われてない？

「そうだけど、これは、自分の意思だよ。ぼくが、残ってもいいなって思ったんだ」

「そうか」

——あ。

ロンユーの口元が、緩んだ。これ、見たことがある。ほんの少しの間、もやのようにかすかに漂う、ロンユーの微笑。

——よかった。残って、いいんだ。

彼の手の中にスケッチブックがあることを、カナメは認める。

「それ……」

「これを、おまえに返さねばと思っていた。大切なものなのだろう？」

ロンユーは、カナメの部屋の椅子を二つ並べると、ひとつに腰かけた。

「今、時間はあるか」

「いつも、ぼくは暇だよ」

ロンユーの目が細くなる。笑ったのかな。彼は、スケッチブックを広げた。

「この、絵のことを聞きたくてな。特にこの男女二人の絵を」

「これは、ぼくが十歳のときに描いたんだ。そのすぐあとに、両親は亡くなった」

カナメは、説明する。

「おまえの愛情を感じる絵だ。よいご両親だったのだな」

「うん……。ぼくは、人って、みんなそういうものだと思ってたんだ」

温かくて、情が深くて、まじめで、優しくて。そういうのが普通だと思っていた。でも、そうじゃないことを、知った。とんだ甘ちゃんだったわけだ。

「苦労したのだな」

ロンユーは言った。

「遺産があったから、だいぶましなんだと思う。養育費ほしさに親戚がぼくのことを奪い合ったくらいだから」

でも。

「ずっと、転校ばっかりだし、あっちこっちの親戚の家を転々としていたから、友達もできなかったたし。親がいたときには、大地にしっかり足がついていた気がしたけど、ぼくってふらふらした根無し草みたいだよね」

ロンユーがこちらを見つめた。なにかを言いかけ、そして口を閉じ、また開く。

どうしたんだろう？　言いづらそうだ。

ロンユーはいったん、言葉を飲み込んだようだった。しばらくして、厳かとさえいえる声で、彼は言った。

「そんなことはないだろう。おまえは、強く美しい心を持っている」

「もう、ロンユー。そんなに、ほめるかな」

なんだか、くすぐったいよ。

ロンユーは、眉間《みけん》に皺を寄せる。

「その親戚とやらは許せないが、気の毒ではある。その者たちの心の器には穴が空いているのだろうな。おまえの財産をすべてかすめとろうと、おそらくその穴は埋まるまい」

さらに彼は、続けた。

「おまえは、そのように理不尽な境遇でも、己の矜持を大切にしていた。だから、そのように凜々しいのだな。おまえのご両親から受け継いだ宝物だ」

そう。ぼくは、ぼくを育ててくれた両親に報いたかった。自分の中の二人を大切にしたかった。なんで、わかってしまうんだろう。

今までの自分を認めてくれたみたいで、泣きそうになってしまった。

「カナメ、カナメ……？」

ロンユーはおろおろしたかと思うと、部屋を急いで出て行った。と思うと、いつか猫カナメがじゃれた、捨てようとしていた筆を持って戻ってきた。それを目の前で振る。

残念ながら、そして当然ながら、まったくもってそれで遊ぼうという気になれない。

カナメはおかしくなった。

「もう、ぼく、猫じゃないし」

もしかして、ロンユーは人間になってしまったぼくをどう扱ったらいいのか、わからなくなっていたのかな。優しくて、不器用な人だから。

それにしても、ロンユーは慰め方が雑だよ。でも、気持ちは伝わってくる。

「カナメ。なにか欲しいものとか、してほしいことはないのか」

「うーん……。特には……」

そんなこと、いきなり言われても、難しいよ。

「今まで贈ったのは、かんざし、腕輪、化粧道具……。どれも違うな」

「もう、だれにあげたの、それ」

「妾妃たちだ」

ちくんと痛みが走った。

――ちくん……？

それと同時に、こんなことを自分に向かって口にするロンユーに、腹が立ってきた。

「ふーん、たくさんいるみたいだもんね。さぞかし美人揃いなんだろうね。へー、うらやましいな」

なんだ、この口調。すごいとげとげしいぞ。

「そうだな。妾妃は、有力貴族の後ろ盾がある。彼女たちの機嫌を損ねないようにするのも、仙王の仕事のうちだ。彼女たちを訪れないまま、数年経てば親元に帰すことになるのだから、贈り物をするくらいしか、できないが」

「訪れないまま？」

「仙王は、仙に近い。性に関する欲望は、薄くなる」

「あ、そう？　そうなの？」

なんだろ。ほっとしたのと、がっかりしたのと、同時に押し寄せてくるんだけど。なんで。どうして。

「武官に与えるなら、剣か槍だが」

「そんなの持ったら、ケガするのがオチだよ！」

「文官なら、紙と筆」

「事務用品？」

いや、待て。紙と筆？　そう、筆で書くのは、字だけではない。

「絵を……――」

「絵？」

今、スケッチブックを見たせいか。

「ぼく、ここの絵を描いてみたい。絵の具と紙と筆が欲しい」

ロンユーは驚いたように言った。

「翠雨苑に、おもしろいものなど何一つ、ないだろう？」

カナメは反論する。

「あるよ。ありまくりだよ」

「そうか？　なんにせよ、カナメの新しい絵を見ることができるのは楽しみだな」

ロンユーは嬉々として、カナメのために絵の具と紙と筆を用意してくれた。自ら、カナメにたすきをかけてくれ、「どんな絵を描くのだ」と浮き浮きしている。

「もう、そんなに期待しないでよ？　絵を描くのは、久しぶりなんだから。受験のための勉強しかしてこなかったから」

「俺はおまえの絵が、好きだ。おまえの心が滲み出ている」

ああ、もう。

「そんなことを言われたら、ほんとに描きにくくなっちゃうよー」

庭に出て、睡蓮池に向かって、絵の具を溶く。

竜が、池の中を泳いでいる。その様《さま》を、写し取る。自分でも思ったよりもずっとなめらかに、筆が動いた。

「うん、描けた」

そう言ったとたんに、紙から竜が出て、空中を泳ぎだした。慌てて手を伸ばす。だが、竜はカナメの手を突き抜けてしまった。実物ではなく、立体映像のようなものらしい。それにしても、本物のようだ。

「……どういうこと？」

「異界からの客には、ときに天帝の恵みが宿るというが。これが、そうなのであろうな。すごいな」

ロンユーが感嘆する。

ひとしきり、池の上を泳ぎ回った竜は、気が済んだのだろう。また、紙に戻っていった。

――「天帝」も、たまにはいいことしてくれるんだな。

勝手にこちらに世界に呼び込んで、猫にして、気まぐれにもほどがあると常々思っていたけれど。

ただ、この、思いがけない「恵み」には、感嘆した。

カナメはたくさんたくさん、描いた。描くことがこれほど好きだったのかと自分であきれかえるほどに描き続けた。

ナガライ、ホンイエン、侍女たち、そして、庭の睡蓮の花や蝶、苑内の様々なものを描写する。それを一冊に綴《と》じる。カナメの百葉界でのスケッチブックだ。

――もしかして、喜んでくれるかな……？

カナメはそれをロンユーに見せた。

紙をめくれば、飛び出してくる。

ロンユーはカナメが想像していたよりも、もっともっと、ずっと、目を輝かせてくれた。

「そうか。そなたには、ここが、このように見えているのだな」

しみじみとロンユーは言った。

「私には見慣れた、変わり映えのしない場所だが、そなたの絵は、なんとみずみずしいことか」

「変わり映えしないなんて、とんでもないよ。ぼくは、こんなにきれいでふしぎな場所を見たことがないよ」

力を込めて言った。

ここは、ロンユーに似ている。ロンユーそのものだとカナメには感じられていた。当のロンユーにとっては、ありきたりでも、カナメにとっては決してそうではないのだ。

「ロンユー、見て。この蝶を追って、ぼくは井戸に落ちたんだよ」

「よく描けているな。この蝶は天候のいい日が続くと現れる。センオウノホマレと呼ばれる蝶だ。この翠雨苑にしかおらぬ。睡蓮の蜜しか飲まないのだ」

「こっちは、珍しい紫色の花が咲いていたのを描いたんだ」

「こちらの花は薬になるゆえ、薬草官が育てている。ムラサキケムリといったと記憶している。今年もよく咲いたな。おまえの絵は、おまえが感じていることがそのまま出ている。俺も改めてこの翠雨苑を見直した気持ちになったぞ」

そう説明するロンユーは、楽しそうだった。

カナメは、考えていた。この絵の中に、カナメが感じていることが滲み出るというのなら、それを使ってロンユーに恩返しができないだろうか。

――一番、ロンユーがやりたいこと。

外に出ること。自由を手に入れること。そしておそらく、人として人生をまっとうすること。

それが、むりであるならば、せめてロンユーに外に行った気分になってもらえないだろうか。もしかして、そのために天帝とやらは自分にこの力を与えてくれたのではないだろうか。

カナメにはそう思えてならなかったのだった。


ホンイエンに相談を持ちかけると、最初は難色を示した。

「カナメ様。外の光景でございますか。そのようなものを見せられても、ロンユー真君は我が身と照らし合わせて、おつらいだけではないでしょうか。ここから出ることのかなわない身であられるというのに」

彼の言うことはもっともだ。

「でも、でも」

カナメは、引き下がらなかった。両手に握りこぶしを作って、ホンイエンに食い下がる。

「確かになにも変わらないかもしれないけど。だけど、ほんの少しの間だけでも、ロンユーが一人で背負っている重荷を下ろしてもらえたら、また、持とうって気持ちになれるような気がするんです」

「我らが、重荷であると？」

ホンイエンが、冷笑を浮かべつつ、そう言った。カナメはうなずく。

「もちろんですよ」

ホンイエンの目がきつくなる。カナメは負けない。

「重くないわけがないじゃないですか。この翠雨苑を始めとする、多くの人の幸せが、ロンユーの肩にかかっているんですよ。ロンユーだって、それはわかっていて、誠実な人だから、きっと、外に出たいとか、もういやだとか、そんなことは一言だって言ったことはなかったはずです。どんなに重くても、一生懸命背負ってくれているんです。違いますか」

ロンユーと出会ってから、ほんのちょっとしか経っていない。だけど、異界から来たからこそ、わかることがあるのだ。

「ずっと背負い続けるのはつらくても、いったん下ろして、休憩を入れたら、きっとまた元気になれると思うんです」

最後には、ホンイエンはうなずいてくれた。

「そうですね。我らは、生まれたときから、仙王としてのロンユー真君しか知りません。太陽のごとく、天にあるもののように、ロンユー真君は翠雨苑にあり、この国を統べるものと、頭から決めてかかっておりました。ロンユー真君もまた、人であることを、忘れかけておりました。わかりました。そこまでおっしゃるなら、文官一同、協力しましょう」

カナメは、いたずらめいた笑みを浮かべて、ホンイエンに頼み込んだ。

「これ、ロンユーにはないしょにしていて下さいね。サプライズにしたいので。驚かせて、びっくりさせたいんです」

「了解です。『さぷらいず』ですね」

自分を助けてくれたロンユー、無私の手を差し伸べてくれたロンユー真君。その彼に、お返しができる。それは、カナメにとって、思いも寄らずにわくわくするできごとだった。

この、サプライズイベントが、ロンユーとの関係に微妙な揺らぎをもたらすことになるのであるが、このときのカナメが知るよしもなかった。

■06　カナメの文化祭

ホンイエンは、カナメの部屋に急ごうと前の宮から左の宮に急いでいた。そこで、ナガライに呼び止められた。

「ホンイエン殿。なにやら、一の侍従殿と画策されているご様子ですが」

「ないしょです」

外交用の笑みをもって、ホンイエンは答える。ナガライは、心配そうに聞いてきた。

「もしや、カナメ様が正妃となられる算段ですか？」

「わかりますか」

ナガライが「ほんとうですか。なんとめでたい！」と顔を赤くする。それを見てから、ホンイエンはさらりと話す。

「嘘です」

「な、なんで、そのような嘘を……！」

「いえ。私もそうであればいいとは、願っておりますので」

「では、カナメ様は、お帰りになるのですね」

ナガライは気落ちしたようだった。気持ちはわかる。

「残念ながら、そのおつもりのようです」

「そうですか。ホンイエン殿、お引き留めして申し訳ありませんでした」

ナガライはそう言って、ホンイエンに道を譲った。

「……？」

ホンイエンは、少々違和感を持った。ナガライは、ほんの少し、安堵したふうであったから。

ロンユーが執務で前の宮にいる間、カナメに与えられた客間は「ロンユー真君を喜ばせたい文官の会」、略して「ロン文会」のたまり場となっていた。

文官たちは車座になっている。彼らはみな、赤い制服姿だ。

「どうしたら、ロンユーをもっと喜ばせることができるかな」

真ん中に立ったカナメが、文官たちに聞いた。

「カナメ様。それはおそらくは、仙王を下り、武人に戻ることと存じますが……」

ロンユーを自由にしてあげること。

わかってる。うん、そうだ。それが一番、嬉しいことだ。カナメは言った。

「まあ、それができたら、悩まないんだけど」

うんうんと、みながうなずいている。

「ロンユー真君は、贅沢を好まぬ、質素なお方」

「今の衣装も、すべて文官で手配したものです」

「その昔はお身内に会うときには、笑顔が見られたそうですが、繋がりも薄くなり、今では儀礼的なものになっております」

そっか。ロンユーにとっては、家族が大事だったんだね。「うーん」とカナメは腕組みをして考えた。

「生まれたところを写生するのはどうかな。懐かしい気持ちになってくれたりしないかな」

自分だって、ときおり夢に見る。両親と暮らしていた家。手を繋いで遊びに行った公園。写真を撮った小学校の校門。

文官の一人が手を挙げた。

「ロンユー真君のご生家は建物が老朽化したため、十年ほど前に建て直しており、元の面影はないと伺っております」

「そうなんだ……」

ロンユーに仙王をしてもらうんだから、記念館として生家を残すくらい、してあげてもいいのに。なんて言っても、もうないんじゃ、しょうがないよね。

「じゃ、これは、やめておいたほうがいいですよね。よけいに寂しくなりそうだ」

七十年経てば、色々変わるだろう。たとえ、ゆったりとしたこの青龍国でも。

逆に考えよう。当時と変わっているのを見たいところ。だとしたら、どこだろう。そういえば、肉まんをくれたときに、なんか言っていたなあ。

「ロンユーが、まだ仙王ではなかったときに、よく訪れたところを、ご存じですか」

一人が手を挙げ、答える。

「ハリシャオ通りあたりの店を、部下とよく訪れたと聞き及んでおります」

「ありがとう。それじゃ、そのあたりの町の様子を再現しましょう。それでいいかな、ホンイエンさん」

ホンイエンも同意した。

「そうですね。町は変わるもの。変化するものです。ロンユー様のおかげで再び活気づいた、今の町の様子を見ていただきたくもあります」

カナメがうなずく。

「よし、決まりだ。使っていない離宮ってあるかな」

「ございます」

「そこで、ぼくが大きな絵を描こう。町中の景色を再現しよう」

「承知いたしました。おい、誰か小離宮の寸法を測ってこいよ」

「そうだな。それから、そこに貼る紙の注文も」

「カナメ様。絵の具の配合の手伝いなどは必要ですか」

さすが、翠雨苑の文官。優秀だ。方針が決まれば、みなが自分の仕事を分担し、遂行していく。

なんだか、のってきた。

楽しい。

なんだろ、これって文化祭みたいだな。転校続きだったから、文化祭を楽しんだ記憶はほとんどないのだけれど、浮き浮きする。

「さて、こうなると、町を実際に見てみたくなるなぁ」

　サプライズなのでみなに黙っておいてもらっている以上、ロンユーにばらすわけにはいかない。

　しかたないので、カナメはロンユーにおねだりすることにした。

「あのね。ロンユー。次の公休日、文官のみんなは町に行くんだって。それで、ぼくもいっしょに行きたいんだけど」

　ともに夕食をとっている席でそう申告してみる。

　ロンユーは、彼にだけに供されている激辛麺を口にしたのち、微笑んで言った。

「そうか。文官たちと仲良くなったのか。おまえはいい子だからな」

　あ、あ。なんか。ぼく、ひどいことをしていないかな。だって、ロンユーはもう、ここから出られないのに。それなのに、ぼくがいられる残り少ない時間、これ見よがしに外に出ようとしているなんて。

　わー、心がずきずきする。

　嘘はついていないけど、ほんとのことも言っていない。

　許してください、ロンユー。絶対に、絶対に、この文化祭、いいものにしてみせますから。

なんて、思っていたのに。

「わー、にぎやか！」

一同が乗り込んだ下町の一角は、瓦《かわら》屋根が続き、往来は人で溢《あふ》れている。その往来がまた広い。ここでの荷運びに使われているらしく、あちこちに馬や牛がいる。馬も牛も人に慣れていて、店先でおとなしくご主人を待っている。

たとえて言えば、昭和初期の世界に牛や馬がいる感じ。

人々の顔は明るく、身なりもいい。

同行していたホンイエンが、言った。

「ロンユー真君が仙王となられる前は、もっと貧富の差があったのですよ。前の仙王は、仙王を輩出するお血筋の出身でいらしたので、政事《まつりごと》にはうとかったのです。こう申してはなんですが、貴族にいいようにあしらわれていたのではないかと推察されます」

ホンイエンは語る。

「当時は食うに困り、ぼろをまとう者もいたと聞きます。ロンユー様が仙王となられてからは、貴族からも税をとりたて、そのぶんを教育に充て、積極的に平民から翠雨苑へ人材を登用しました」

「ホンイエンさんも、そのお一人ですね」

「はい」

「ナガライさんも？」

「ナガライ殿は祖父が、ロンユー真君の部下だったと聞き及んでおります。……絵を描かれるのなら、こちらの茶店に寄りましょう。往来がよく見えましょう」

ホンイエンは手慣れている。店を貸し切りにする代わりに、店主にいくばくかの金を渡した。一同は店先に座り、店主が出してくる茶やだんご、肉まんやあんまんを食した。

「ん、この肉まん、おいしい」

中に、肉のほかに木の実が入っている。皮もしっかりしていて、卵の風味がする。

「でしょう？　かのロンユー真君もお気に入りだった、うちの味だよ。たんと食べて」

「ほんとに？」

だったら、ロンユーにも食べさせたい。

「ほんとうだとも。前には、三軒隣で店をやっていたんだけどね。赤縫りの乱のときに、こっちに移ったのさ」

店先で立ち話をしていた人たちも、加わってくる。

「ほんとに、ロンユー様の代になってから、暮らしぶりがよくなったよなあ」

「そうだよ。税金だってうんと安くなったし。病気になって働けなくなった者には、逆にお金をくださるんだからね」

福祉と教育に力を入れているんだな。ロンユーはほんとに慕われているんだなあ。なんだか、自分が褒められるよりうれしいよ。

「おや、あんた、絵がうまいんだね。俺を描いてくれよ」

言われて、軽い気持ちで描いたのだが、その絵が動きだし、人々は「手妻《てづま》か」「仙術使いか」と、大騒ぎになった。

「私も。美人にしておくれ」

「なになに、似顔絵描きがいるんだって？」

「なあ、俺の孫を描いてくれよ」

カナメは人々の絵を描き続け、いつしか夕暮れ時になってしまった。


ロンユーは、初めての気持ちを味わっていた。

カナメがみなと遊びに行った。いいことだと思う。それに、嘘偽りはない。

さらに、夕食も食べてくるとことづてがあった。

「こんなふうに、寂しいと思うことが再びあろうとはな」

ということは、今までは、楽しかったのか。そうだな。猫のカナメは可愛かった。そして、人のカナメも……——

「一人酒もつまらんな」

ロンユーは、両手を左右に引き、ぱんと打つ。

「あいつとでもいいから、飲みたい気分だ」

部屋に即座にやって来たチェンスーは、「私とでもいいからってなんだよ」と文句を言った。

チェンスーは扉をあけて廊下に向かって叫ぶ。

「おねえさん、酒肴とお酒を追加ね。酒はうんと強いやつ。朱雀の赤酒を生《き》のままで」

二人の酒盛りが始まった。

事情を聞いたチェンスーは、「そりゃあ、寂しいねえ」と言って、情けのつもりなのだろうか。赤酒をロンユーの杯に注ぐ。

「カナメが楽しそうで何よりだ」

「本音は？」

ロンユー、むすっとしている。

おもしろくない。だが、それが、つまらない嫉妬《しっと》めいた気持ちであることもわかっている。

彼には、彼の楽しみがある。

彼には、彼の生があり、時間の流れがある。ほかのみなと同様に。わかっているというのに。

「みっともないな。俺は」

「いいんじゃない？」

チェンスーは酒に強い。たいていの人間なら、一杯飲んだらひっくり返る赤酒を、割りもせずに水のようにあけていく。

「なんかさ、そういうところ、いいと思う。人間らしくてさ」

「人間か……」

そういえば、いっそ心も仙となってしまいたいと願ったことがあった。人を求めず、淡々としていたいと、そう思ったことがあった。

父や母、兄弟、部下、いつも声をかけてくる店主、彼らを守りたいと願い、仙王となった。前の仙王に、「ぬしに継いでほしいのだ」と病床で言われたときに、ロンユーは戸惑い、言った。「私のようなものに、そのような誉《ほま》れは、似つかわしくありません」。前仙王は、咳《せ》き込みつつも笑い、そして、言った。「違う。仙王が誉れでなどあるものか。これは軛《くびき》よ。重みを増す軛なのだ。ぬしにもやがて、わかろうぞ」。

そうだ。父と母が相次いで亡くなり、部下たちも、ついには幼かった弟も老いて登苑がかなわなくなった。その末弟の訃報を聞いたときに、かつて守りたいと願った人々がすべて世を去ったことに気がつき、心に風が吹き込んできた。

だが、カナメがやってきたときに、自分の中にまだ、息づいているものがあるのを知ったのだ。

「そうだな。私は、まだ人であるらしい」

チェンスーはロンユーの背後を見たのち、ニッと笑った。

「私はそろそろ、おいとまするよ。じゃあね」

そう言うと、チェンスーは来たとき同様、煙のように消え失せていった。

それと入れ違いのように、カナメが部屋に入ってきた。

「ロンユー、遅くなってごめんね」

離れていたのは、半日にも満たないのに、カナメを見ると懐かしいような気持ちになる。

この気持ちは、以前に味わったことがあった気がする。遠い、遠いとき。まだ、自分が仙王ではなく……——それどころか、護衛としてこの翠雨苑に上がる前、家族と暮らしていたときの記憶。

「せめて、顔を見たくて」

「そうか」

知らず、ロンユーの口元はほころぶ。

「仙気は、足りているか」

心配もしていたが、そう言ったのは、彼の手を取りたかっただけのような気がする。

ロンユーは手を差し出した。カナメは己の手を添えてくる。

自分の無骨な手と比べると、なんと小さくか弱い手なのだろう。だからこそ、守ってやりたくなる。今のカナメもまた、子猫のときのようにこの懐に入れることができるならいいと、ロンユーは思った。そうしたら帰さなくてもいい。離れることもなかろうに。

手を握って、彼に仙気を流す。カナメの頬が赤らんでくる。

「ふふっ、気持ちいい」

そう言われると、かすかにいたずらめいた気持ちが芽生える。性の相性がいいことを「仙気が合う」と言うのだと、教えてやりたくなる。

——酔っているな。俺は。

カナメが目を伏せた。まつげが黒く長い。赤らんだ頬。必要もないのに、唇を重ねたくなって困る。

そうしたら、カナメはどんな反応をするのだろう。

「ぼくは、もらうばかりだね」

カナメはそう、口にした。

違うと言いたかった。どう言えば伝わるだろう。カナメが来てから、自分がどんなに生き生きとした気持ちを味わっているか。今もまた、初めて味わう甘酸っぱい感情に翻弄されている。だが、うまく言葉にできない。

おまえが、いるだけで、俺は……——。

ずっと、側《そば》にいてほしい。できたら、同じ時間を生きてほしい。けれど、ロンユーは知っている。今までいた世界と切り離されるのは、人にとって耐えがたい孤独が伴っていることを。それを強要はできない。

カナメが出かけてから数日が経った。仲がよくなった文官たちと、翠雨苑でもよく集まっているようだ。最近では、ロンユーが帰ってもカナメは自室にいないことも多かった。

――あと、少ししかおらぬのに。

そう考えて、そんな子どものようなわがままな気持ちが自分の中にあったとはと、あきれるやら、どこか笑えるような気がするやらの、ロンユーであった。

その日も主《あるじ》のいないカナメの部屋の真ん中にたたずみ、ため息をついてから執務室に帰ろうとしていると、当のカナメが飛び込んできた。

「ロンユー、ここにいた」

彼は、明らかにはしゃいでいる。背後には文官たちが控えていた。

「なにごとだ?」

「ねえ、ロンユー。来て」

そう言って、カナメはロンユーの手を引く。

「俺には、まだ仕事が」

「あとでいいって。だから、来て」

なにがなんだか、わからない。だが、カナメは嬉しそうに自分を引っ張っていくから、ロンユーは呆《ほう》けたように、彼に連れられていくしかない。

翠雨苑には、小離宮と呼ばれる建物がある。仙王の子のための宮だ。だが、そこは現在、空き宮となっている。

動物は、寿命が短いものほど、多く子をなす。

仙王は長い寿命を持つ。そのせいか、仙王になってのち、子をなした者は数えるほどだ。この小離宮も、長く使われたことがない。

「なんだか、にぎやかだな」

「ようこそ。翠雨苑の下町へ」

小離宮の前で、待ち構えていたのはホンイエンだった。町中で茶店の主人が着ているような、簡素な綿の服に前掛けをしている。

「おまえ、そのかっこう……――」

「来て、ロンユー」

カナメに言われて、小離宮に一歩踏み込む。一番大きな一部屋を使って、そこに下町の絵が描かれていた。正確には、大きな紙に書かれたそれが壁に貼られていたのだが、これはカナメが描いたのだろう。見ている間に、そこから町並みが浮かび上がり、ロンユーはその場にいるような心地になった。

「ああ、ここは、ハリシャオ通りか。店は変わったが……。敷石の形が元のままだ……。そうか。こんなに立派になったのか」

ああ、ざわめきが立ち上がってきそうだ。

目を閉じる。

俺は、町中に立っている。行きつけの店で、主《あるじ》が手招きしている。腹が減ったと部下たちが騒ぐ。

この店の裏手で売っている花菓子が、母上のお気に入りだから、買って帰ろう。姉上たちも、きっと喜ぶことだろう。

目を開くと、元の離宮の中だった。そこに屋台が出ていた。こちらは絵ではない。実際にこしらえたものだ。文官たちも、ホンイエン同様、庶民の服装をしていた。カナメも前掛けをつけている。

「いらっしゃいませ。葛餅《くずもち》はいかがですか」

ロンユーは笑ってしまった。

「可愛い売り子さんだな。お？　いい匂いだな」

ホンイエンが澄ました顔をしている。

「店は、持ってくるわけにはいきませんのでね。表門で受け渡していただきました」

カナメが言った。

「ごっこ遊びだけどね」

「そうか。そういうことだったか」

ロンユーは呆然《ぼうぜん》とする。肩の力が抜ける。そうか。カナメは、これをしたくて、町まで行ったのか。俺を、喜ばせようと。

「ロンユーは、両手で顔を覆った。

「ロンユー、ごめん。怒った？　これ、ぼくがやろうって言い出したことだから。気に入らなかったら、ぼくを怒ってよ」

ロンユーは頭を横に振った。

自分が泣くのかと、ロンユーは思った。だが、違った。

笑えてきてしまった。顔を覆ったまま、肩を震わせる。

「ロンユー？」

手を下ろし、まだ笑いの余韻のある中、ロンユーは言った。

「嬉しいよ。こんなに、嬉しいことはないよ」

わっと文官たちから声が上がった。そこでロンユーは屋台のひとつにあったまんじゅうに気がついた。

「これは？」

カナメが笑う。

「さすがにお目が高い。これは、かのロンユー真君も好んだという、肉まんじゅうです。おいしいですよ」

そう言って、手渡してくれる。まだ、温かい。

仲間と腹を空《す》かして下町の店に駆け込み、これをたいらげたときの記憶が、手のうちのぬくもりからつたわってくるような気がした。

当時、周りにいた者たちは、誰一人残ってはいない。だが、あの時間は確かにあった。今、自分がここにいるように。

一口食べて、口元がほころぶ。

「そうだ、この味だ」

「ロンユー、もし、よかったら、お店の人たち、外にいるから。表門から挨拶してあげて」

この翠雨苑の近くは、ふだんは一般の者たちは立ち入ることができない。ホンイエンが配慮してくれたのだろう。

ロンユーは、表門の上に立つと、外に仮のかまどがしつらえられ、十数人がこちらを見上げているのを確認して、手を振った。みなが、手を取り合って、喜んでいる。

カナメが言った。

「ロンユーにふるまうんだって言ったら、下町の人たちがここまで来てくれたんだよ。できたてを差し上げたいって、かまどまで作ってくれたんだ」

「しばらくは晴れにしろと、ホンイエンがしつこく言っていたはずだな」

気晴らしは、気晴らしでしかない。

それを、ロンユーは知っている。自分がここから実際にハリシャオ通りに行けるわけでもない。死ぬまで、ここに囚われる。それが、自分の運命だ。

明日からも、この翠雨苑で、民のために仙気を流し続ける。

だが、なんだろう。溢れそうになっていたものが、すっきりと洗い流されたような気がする。澱《おり》が洗われ、奥底から輝く初志が立ち現れた思いがする。

「俺のために、やってくれていたんだな」

それなのに、なんと、自分は心が狭かったのだろう。ほんの少し、不機嫌になったりして、ほんとうに、恥ずかしい。

しかし、その羞恥《しゅうち》さえ、新鮮な心地がするのだ。

「ありがとうな、カナメ」

そう言って、ロンユーはカナメの頬に自分の手を当てた。

頬の手から、カナメにロンユーの気持ちが伝わってきた。

はずむ気持ち。感謝。

——わー。ロンユーの笑顔が輝いて見えるよ。

カナメは思う。

好きな人の喜ぶ顔を見るのって、こんなに嬉しいんだな。自分まで、有頂天になってしまう。とっても、あったかい。じわじわと身体の奥底から湧き上がってくる。満たされる思いがする。

——あれ？　「好きな人の喜ぶ顔」？

どきっとした。今、ぼく、ロンユーのこと、「好きな人」って思った？

ぶんぶんと頭を振る。

いや、まあ、ほら。王様として尊敬しているっていう、そういうのだからね。

——それに、ぼくは、もうすぐ、ここから去って行くんだし。

そう、カナメは自らに言い聞かせた。

■07　ロンユーの後宮通いと竜散歩

——なんで？

それが、今のカナメの偽らざる気持ちである。

——ちょっと待って。「文化祭」のときって、いい感じだったよね。

この頬にロンユーの手がふれて、二人の間には気持ちが通じ合っていたと思う。なんか、よくわからない、くすぐったい感情が通い合っていたよね。勘違いじゃないよね。

――それに、後の宮の女性には興味ないようなこと言ってたのに。

それは、嘘だったのか。ロンユーもまた、親戚のおじさんと同じような、スケベな女好きのおっさんに過ぎないのか。そうだったのか。

ロンユーのことを一生懸命よろこばせようとした自分の純情を返してほしい。


「文化祭」からしばらく経《た》ったときのことである。

夕食の時間になっても、ロンユーが帰ってこなかった。警備の者に聞いても「他国の使者と打ち合わせがあるのでしょう」とごまかされてしまう。

それが、あまりになめらかなので、カナメはかえって疑問を抱いた。

しばらくして左《ひだり》の宮に帰ってきたロンユーがやけに嬉《うれ》しそうにしている。浮ついていると言ってもいい。にやにやしている。なんだか、変だ。

翌日。自分の部屋から出て、前の宮、すなわち公務を行う建物にロンユーを迎えに行こうとしたら、警備の者にやんわりと止められてしまった。

「カナメ様はお部屋でお待ちください」

おかしい。

カナメは、まだ子猫であった時分、翠雨苑《すいうえん》にいくつか抜け道を発見していた。たとえば、渡り廊下の下から睡蓮《すいれん》の葉をつたっていけば、公的な執務をする前の宮に出るはずだ。

そうして、こっそりと前の宮に行ったカナメは、信じられない光景を見たのだった。ロンユーが、左の宮ではなく、後の宮に行こうとしている。後の宮とは、後宮。つまり、妾妃《しょうひ》たちが住まうところ。すなわち、ハーレムである。

まさか、まさか。

そう思ったのに、ロンユーは侍女に先導され、後宮の扉から中に入っていってしまった。残された侍女が、「あのように思われて、幸せな方ね」「ええ、それはもう、ご執心ですもの」「こちらが照れてしまうくらいだわ」なんて、言っているのが耳に入ってきた。

人目を避け、逃げるように部屋まで帰ってきた。どっきんどっきん。心臓の音がうるさい。

ロンユーが後宮に。妾妃のところに。

上機嫌だったロンユー。

なんで？　どうして？

そんなに、その人のことを気に入ったの？

その日もロンユーは遅かった。意地でも食事をとらず、待っていたのだが、一時間たっても帰ってこない。

カナメはむくれる。

——なんてことだ、乱れている。乱れきっている。

ようやく足音が近づいてきたが、それはロンユーのものではなかった。扉をあけて入ってきたのは、ホンイエンだった。

「先にお食事をなさってくださいと、ロンユー様からことづてです」

「それは、今日はいつ帰るかわからないということですよね？」

今ごろ、ロンユーは妾妃をその胸に抱いているのだ。そして、あと少ししかここにいられないのに、自分は寂しく一人でごはんを食べるのだ。

ついつい、ホンイエンに愚痴《ぐち》ってしまった。

「ぼく、知ってるんです。ロンユーは後の宮の妾妃のところに通っているんですよね」

「それは……」

「わからないと思ってるのかもしれないけど、この仕打ちはないんじゃないかなって。ロンユーはデリカシーがないっていうか」

ホンイエンはなにか言いたそうだったが、ふっと、息を吐き、カナメをいなしてきた。

「カナメ様。カナメ様が帰られてお寂しいのは、ロンユー様のほうなのですよ。カナメ様には、時間を同じくして歩む友人もできましょう。奥方もできましょう。お子様の成長を楽しみにする未来もありましょう。けれど、ロンユー様にあるのは、過ぎし方たちだけです」

「そ、そうだけど」

わかっているけど。

ホンイエンに相談したのは、人選ミスだった。この人は基本的にロンユー側の人間なのだ。

それに、カナメだってわかっている。ここは、日本じゃない。妾妃を抱いても、文句を言うひとはいない。むしろ、推奨されているだろう。

「ロンユー真君《しんくん》がこのように自分からなにかを欲して行動されるのを見たのは、私は初めてなのです。そして、それは、カナメ様のおかげです。私は、嬉しく思っておりますよ。ありがとうございます」

「そんなんだったら……」

カナメは、続く言葉を飲み込んだ。

――自分がロンユーを元気づけようとしたことで、後宮通いが始まったのだったら、やるんじゃなかったよ。

さすがにそれは、さもしい意見なので、飲み込んだが。

夜遅くに帰ってきたロンユーに、カナメはつーんとしてしまう。

カナメは食事に手をつけていない。これは、ロンユーへのあてつけだ。抗議行動だ。

だが、ロンユーは鈍いのか、上機嫌で気がつかないのか。

「なんだ、カナメ。待っていてくれたのか」

なんて、調子いいことを言っている。

そんな、わけ、ないだろ！

ぼくは、怒って、いるんだぞ！

「うん、辛《から》いな。これは」

好物のイカの辛味漬けを肴《さかな》にしたロンユーは、上気した頬をして浮き浮きしている。

カナメはむすっとごはんを食べながら、ホンイエンの言葉を思い出していた。

――カナメ様が帰られてお寂しいのは、ロンユー様のほうなのですよ。

ホンイエンの言うとおりだ。

自分は、もうすぐここを去る。ひととき、楽しい時間を過ごしたかもしれないが、それまでの関係だ。言ってしまえば、ロンユーに対して、責任が取れない立場なのだ。

――ロンユーが、そんなに機嫌がよくなるほど、愛する女性を見つけたなら、いいことじゃないか。すごく、すごく、すてきなことじゃないか。

そう納得させようとするのに、心のもやもやは消えない。

――なんで、こんな仕打ちをするんだよ。あと、ちょっとしかいないのに。どうせ妾妃の元に通い出すなら、ぼくがいなくなったあとにしてくれればいいのに。知らないまま、きれいな思い出にしてくれれば、いいのに。

ロンユーの変化を喜びたい気持ちと、暴れ馬みたいに荒れ狂う本音と。

――うん、わかってる。勝手すぎる。喜んであげないといけない。でも、できない。

食事のあと、ロンユーが手を差し出してきた。

「カナメ、仙気《せんき》を注ごう」

「……」

ロンユーの仙気なんていらないよ。そう言えればいいのに。彼の誘いに、自分の全身が期待に疼《うず》いているのを感じる。彼の仙気が欲しい。あの体温を自分の身体《からだ》に感じたいと願ってしまう。

そして、やっぱり、握った手から入ってくる仙気は心地よくて。この人がほかの女性に心があっても、自分はこの人のことが好きなんだなあなんて思ったりする。

――なんだよ。ぼくが、ロンユーに片想いでもしてるみたいじゃないか。

片想い……？

ひくっと、カナメの口の端が引き攣《つ》った。

――今、なんて？

「片想い」って、そんな、なに言ってんだよ。

違う。これは、そんなんじゃない。

そのとき、カナメはロンユーの手に違和感を覚えた。

――ん？　なんだろ。

それを察知したように、ロンユーの手は離れていく。違和感がなにを示しているのか。そのときのカナメにはわからなかった。

その、翌日のことであった。もうすぐ夕食という時間に、カナメの居室にロンユーが訪れた。

「今日は、お早いお帰りですね」

そんなことを言っている自分。これは、まるで、浮気を知りつつ、皮肉を言う、正妻。

もう、だめじゃん。こんなこと言うつもりじゃないのに。だめじゃん。

不機嫌になっているカナメを知ってか知らずか、ロンユーが「つきあってくれないか」とカナメを招く。

今日は自分といてくれるのだと思うと嬉しいのだが、つーんとして「通うところがおありなんじゃないんですか。そっちに行ったらいかがですか」などと口にしてしまう。ロンユーは、ひるむことなく「今宵はそなたといたいのだ」と口にした。そこまで言われると悪い気はしない。「いいですけどー」などと言ってしまう。

ロンユーはそれをわかっているのかいないのか、カナメの手をつかむと、まるで待ちきれないというように、どんどん廊下を進んでいってしまう。

「ちょっと待ってよ、ロンユー。そんなに早く歩けないよ」

「すまん」

ようやくそれを悟ったかのようにロンユーは足を緩めてくれた。

「気が急《せ》いてしまった。こんなことでは、いけないな。落ち着かなければ」

そう言うと、ロンユーは大きく、息を吸って、吐いた。

「さあ、ここだ」

カナメが案内されたのは、かつて稀月朔《まれづきさく》の日、カナメが子猫になって落ちてきた場所、中庭だった。あのときを彷彿《ほうふつ》させるかのように、中庭はほんのりと暮れかかり、かがり火が焚《た》かれている。

ホンイエン始め、数十人の文官・武官、侍従・侍女たちが、中庭に詰めている。その中、カナメは壇上にある椅子《いす》に腰かけさせられた。

「え、いやいやいや、これはなに？　ロンユー、いったい、どういうこと？」

ロンユーのかたわらに品のいい、薄紅の着物をまとった老女が、寄り添う。彼女は微笑《ほほえ》んでロンユーに言った。

「あれだけ練習なさったのですから、ロンユー真君。なんの恐れることがありましょうか。思いのままに、奏してくださいませ」

「はい、先生」

ロンユーは答える。

先生？　この女性とロンユー。いったいどういう関係なのだろう。

カナメが目を点にしていると、ロンユーは床に置かれた座にあぐらを搔《か》き、かたわらにあった楽器を手に取った。

その楽器はカナメの世界で言えば、琵琶《びわ》に似ていたが、柱《じゅう》が長く、胴がやや小ぶりでスマートなイメージだった。

「あ、きれいな楽器」

そう、カナメがつぶやいたのも無理はない。その楽器は緑に輝いていた。均一の緑ではなく、黄色がかっていたり、青みがかっていたりする。まるで、オパールのように千変万化の色合いだ。楽器自体がひとつの宝石のようだった。

「そういえば……」

この緑の輝きを、カナメは知っている。この睡蓮の池を泳ぎ回っている、竜だ。大きな目と長い髭《ひげ》と、うねる身体を持つこの竜という生き物は緑の鱗《うろこ》で覆われているのだが、水の中では青みがかり、日の光では銀から金に輝くのだ。

ロンユーが弦を調整しながら言った。

「この楽器は、竜弦《りゅうげん》という。私が仙王としての宣旨を受けたときに、天帝《てんてい》から賜《たまわ》ったものだ。天帝は、その者にふさわしい贈り物をくださるという。このような、素晴らしい楽器をいただいても、私には、荷が重いとずっと思っていたが」

先ほどの女性は、壇上の片隅に座り、ロンユーを見守っている。

変な感じ。この中で一番偉いロンユーも、その先生も、座っていて、重臣たちも、観客席側にいる。それなのに、自分は椅子に座っているなんて。

なんだか、この曲が自分に捧げられようとしているみたい。

ロンユーが、バチで弦を弾《はじ》く。澄んだ音が、水音にも似て、中庭に響く。

ロンユーは、静かな声で歌った。

きみへの想いをいかにして伝えようか
やがて　この睡蓮池に夜が来る
満月となり　きみを照らす
この想いを　いかに伝えようか
告げる言葉を探してばかり

竜弦のその音色は、カナメの中にある水まで、震わせるようだった。

なんだろ、これ。響いてきてしまう。これ、どう考えても、ぼくに向かって歌っているんだよね。ということは。

これは、……求愛？

え、そうなの？

そういうこと、なの？

静かに、ロンユーは曲を終えた。自分の隣に、竜弦を置く。ロンユーは、穏やかな目でカ

ナメを見ていた。

「この歌はこのまえの町並みへの返しだ。とても、言葉だけでは足りなくてな」

ロンユーは、壇上にいる女性に向かって手を差し出した。

「こちら、後の宮の姫たちの楽曲教師をされておられるシャンヤオ先生だ。いつも後の宮前室に詰めていらっしゃる先生に、無理を言って手ほどきしていただいた」

シャンヤオ先生は、頭を下げた。

「ほんとうでしたら、ロンユー真君にこちらにいらしていただくために、妾妃たちに手ほどきするのが私のお役目なのですが、仕方ございませんわ。ロンユー真君にあのように熱心に乞われては、根負けしてしまいます」

彼女はそう言うと、カナメのほうを見て微笑んだ。

「カナメ様は幸運なお方。かのごとく強く想われて……――」

ロンユーは赤くなると、彼女に向かって、しっと唇に指を当てた。その様子が、まるで、いたずらを黙っていてくれという少年のようで、なんだか、おかしくなる。

それにしても。

「言って、くれれば、よかったのに」

そうしたら、あんなに気を揉《も》むこともなかっただろうに。庭を見れば、最前列にホンイエンがしれっといる。知っていたのだ、彼は。わかっていて、自分にないしょにしていたんだ。

「カナメ。おまえに贈るのだぞ。『さぷらいず』にしないと、お返しにならないであろう？」

「ぼくは、てっきり……」

後宮に通っているのだと思っていた。

ロンユーは、いたずらめいた笑みを浮かべている。

「そうか、そうか。気になったか。それでは、俺と同じだな」

そうなんだ。ロンユーも、気になったんだ。

カナメが、なんと言っていいのかわからず、ただ、固まっているのを見て、ロンユーは勘違いしたらしい。

「へたですまない。不調法なので」

「そんなこと、ないよ。ロンユー、手を貸して」

カナメはそう言うと、椅子から下りてひざまずき、ロンユーの手を取った。

違和感の原因が、ようやくわかった。竜弦の弦を押さえるほうの指が硬くなっていた。

「一生懸命、練習してくれたんだね。とっても、うれしかったよ。ありがとう」

決して得意とは言えない楽器を。ぼくのために。がんばってくれたんだね。不器用なところがある、ロンユー。だけど、そこがいい。信じられる。全部、さらけだしたくなる。

じわっと温かいものが、カナメの内部を満たしていた。それは、さっき、竜弦が震わせた、カナメの水の部分であるようだった。

これ、なんていうんだろう。

――愛《いと》おしい……

そんな単語がポンと浮かんできて、カナメのことを驚かせた。

いや、いやいやいや。

――愛おしい、なんて。

そんなこと言ったら、まるでぼくがロンユーに恋してるみたいじゃない？　ぞっこんみたいじゃない？

ぼんっと、顔が赤くなるのを感じた。

――ほんとに？　ほんとに？　そうなの？


その日から、カナメは、今まで感じたことがない感情を味わうことになった。胸の奥がむずむずする。なんだか、そこだけ、自分じゃないみたい。ロンユーを見ると、そこが、勝手にわやわやわやになる。躍り出してくる。

まるで、恋しているみたいに。ほんとに恋しちゃってるの？　ロンユーに？

――そんな。まさか。

カナメは否定する。

だって、ロンユーとは、キスだってしたし、お風呂も一緒に入ったし、共寝したこともあって、そのときにはなんとも思わなかったんだから。

――まあ、そのときには、ぼくは猫だったけど。

ロンユーは仙王さまで、自分は一介の学生で、身分の差もあるし、もうすぐ帰るし、だいたいがそう、男同士だし。そんなんじゃないし。

夜に、寝所で一人、カナメはじたばたする。胸の奥がざわついて、どうにも落ち着かない。

そう、まずは落ち着こう。

ロンユーが一人で気の毒だから、楽しくしてあげたいなって思っただけだし。そうしたら、ロンユーが喜んでくれて、自分も心がほかほかしたなんて、オマケみたいなもんだし。そいで、ロンユーからお返ししてもらって、感動したなんて、些細《ささい》なことだし。

――違う。そうじゃない。

カナメは起き上がった。そして、寝台の上で正座をした。

ロンユーがあのとき、歌にのせて自分に贈ってくれた感情は、そんな小さなものではない。

そんなんじゃない。

夜になってしまうというのは、カナメがもうすぐ、去ってしまうことをさしている。そういう歌なのだ。

それを、あんな、公衆の面前でなんて。

そんなことをされたら、いくらなんでも、みんな、気がつくだろう。

それを望んで、ロンユーはああしたんだ。このうえもなく、堂々と。

──でも、ぼくは、帰らないといけないんだ。

自分の心の奥で誰かがつぶやく。

──ここにいれば、いいじゃないか。

帰ったって、自分に待っているのは、親戚宅における肩身の狭い暮らしと、それに続く孤独な生活だ。

ここでの暮らしは楽しい。けれど、それは、自分がお客さんだからではないのか。永住するとなれば、今までのすべてを振り切る覚悟が必要だ。

あまりにここは自分が生きてきた生活と違いすぎるんだ。そんなの、うまくやっていけるわけがない。


とある夜。

「さ、カナメ?」

そう言って、夕食を終えたロンユーに手を差し出されて、そうだ、仙気がそろそろ底を突く頃だなんて思ったのだけど、素直に手を差し出すことができなかった。

なぜだろう。恥ずかしいのとは違う。ロンユーに対して感じているのは、「うしろめたさ」

だ。なんで、こんな気持ちになるんだろう。

「あ、大丈夫です」

なんか。これってあれじゃん。芸能人が、断るときに口にする「大丈夫です」じゃない？

なにが「大丈夫」なんだよ。自分でも、よくわからないよ。

ロンユーは、少し、悲しそうな顔をしたが、いつもの平常心を取り戻すと、微笑んで言った。

「そうか。ならば、またにしよう。おかしいと思ったら、すぐに俺を呼ぶのだぞ」

「……じゃあ、失礼します」

ぎくしゃくと部屋に帰り、あんな顔をさせるつもりはなかったのに、カナメのバカバカと
枕に八つ当たりをする。いつも、ロンユーにはご機嫌でいてほしいのに。

それから、眠りかけたのだが、息苦しさに目を見開いた。

「あ、どうしよう」

——これは、まずいのでは。

飢えるよりも、ずっと強い苦しみが、唐突にカナメを襲った。

仙気が切れたのだ。

「まずい。まずい」

さっき、あんなふうに、断るのではなかった。手を握ってもらえばよかった。いや、でも。

「くるし……」

カナメは、寝台の敷布を爪で引っ掻く。そのまま、這《は》い進もうとするが、目の前が霞《かす》み始めていた。

ふいに扉があけられた。

「カナメ？」

入ってきたのは、ロンユーだった。

「気になって来てみたのだ。どうした？」

「ろ……ゆ……」

彼の名前を呼ぼうとするのだが、果たせない。ロンユーが、驚いたように、カナメの肩に手をかける。事態を悟ったのだろう。ためらわず、唇をつけようとする。仙気を送りこもうというのだ。

「や……」

カナメは、彼を拒んだ。ロンユーはひどく傷ついた顔をした。

「俺と、するのは、そんなに、いやか？」

カナメは、首を振る。苦しいせいなのか、感極まってか、涙がこぼれた。

だって、唇をつけたら、きっと、わかってしまう。

この、芽生え始めた気持ちを、悟られてしまう。

どうしよう。

「カナメ、いい子だから……——」

猫のときを思い起こさせるような、繊細さで、ロンユーがこの頬にふれ、唇を重ね、そっと息を吹き込んできた。

甘い。

唇は、あまりに柔らかく、吐息は甘く。

もっと。

もっとと願ってしまう。それを、カナメはどうしても止めることができない。だめなのに。

ロンユーに、わかっちゃうのに。

どうしよう。

唇が重なった。

はっとしたように、ロンユーがカナメの身体を離した。ぐずぐずな自分を、ロンユーが見ている。ああ、きっと、知られちゃったよね。だって、ロンユーなんだもの。

どうしようと思っているのに、カナメがしたことは正反対だった。ロンユーの首に手を回し、引き寄せ、唇をねだる。

ロンユーが、微笑んだ気配がした。

なんども、なんども、口づけてくる。仙気が満ち、呼吸が楽になってくる。

「俺は、おまえを……」

ロンユーは、カナメを抱きしめた。

扉がきしんだ。

「あ、あの」

夜番の侍女が、扉があいているのを不審に思って中を覗《のぞ》いたのだった。二人の様子を見た侍女は、はっとしたように「失礼いたしました！」と、顔を背けて、走り去る。

——ああ、今の、ぜったいに、誤解されたよね……——。

息ができるようになったカナメは、そう考えるくらいの、余裕はあった。

「ああ、その」

ロンユーはカナメの顔を覗き込む。

「カナメ。もう、苦しくはないか」

「うん。もう、平気」

「そうか。また、明日な」

そう言って、ロンユーは立ち上がった。

「どんな小さなことでもよい。なにかあったら、遠慮なく、俺を呼べ」

ロンユー、行っちゃうんだ。それが、カナメには、ちょっとだけ寂しかったりしたのだった。

翌日、目が覚めたカナメは、わなわなと震えだした。待って、待って。これってなんだか、すごいことになっていない？

わーっと、カナメは大混乱に陥る。

わー、わー、わー。

――いや、落ちついて、考えてみよう。今、どんな状態になっているのか、ちゃんと、整理整頓してみよう。

好きになったのが、仙王、すなわち、異界の王様で。

うんと年上で。

まじめで実直で、でも、可愛いとこがあって。

手を握ってキスしたこともあって。

た、たぶん。たぶん、なんだけど、向こうも、自分のことを憎からず思っていて。

どうなん？

これってどうなん？

情報量が多すぎて、自分でどうしたらいいのか、わからないよ！

――ぼくは、帰らないと、いけないいんだよな。

帰る？

そしたら、ぜんぶ、夢のようになるのかな。この、ロンユーへの気持ちも、そうなってしまうのかな。

ぼうっとカナメは考えてしまう。目が、遠くなってしまう。

——帰りたかったんじゃないのか。

そう、自分に問いかけてみる。帰りたかったさ。というよりも、ぼくは、あそこで生まれて、育ったんだ。あの世界を唯一《ゆいいつ》の世界と思って、育ったんだ。そこに属するのが当たり前だと、だから、帰るのだと思い込んでいたんだ。

けれど、あそこに帰ってぼくになにがあるだろう。堅実な生活。両親の一人息子として、恥ずかしくない学生になる。

だけど、自分にとってはいつのまにか、ロンユーとともにいて、この人を喜ばせるほうが素敵だと、思うようになってしまったんだ。

朝ごはんのときにも、まだ、カナメは考え続けていた。ロンユーに帰りたくない、ずっと側《そば》にいたいって言ったら……——そしたら、彼を困らせることになってしまうんじゃないだろうか。

——違う。

ロンユーは竜弦での歌を自分に贈ってくれた際、おもだった者を呼んでいた。その前で奏してくれた。すなわち、ロンユーのほうには、もうすっかりとカナメを受け入れる覚悟ができているのだ。

気持ちが定まっていない、中途半端は自分のほうだ。

「カナメ」

ロンユーが、話しかけてくる。

「は、はい！」

カナメは、ビクッとして、デザートの果物を落としてしまった。ロンユーは笑って、自分のぶんをカナメにくれる。

「ごめん。ありがと」

「カナメ。今日、俺は、久しぶりに、散歩に行こうと思う」

散歩？　久しぶり？

この翠雨苑の中でなら、ロンユーはいつでも自由じゃないの？

「散歩と言っていいのか。乗馬というか。ようは、竜に乗るのだ」

「竜？」

カナメの目が輝き始めた。

「嘘。あの子、乗れるの？」

「竜が騎乗を許すのは仙王のみだが、おまえは俺と同じ仙気をまとっているからな。きっと、許してくれる。空は仙境《せんきょう》とされているゆえ、竜に乗って飛んでいるなら、問題はないのだ」

竜は池の端に上半身をのせている。カナメは、もう、ひたすら巨体に圧倒されるばかりだ。

「竜は頭部の左右に、仙気を感じる器官がある。そこを通じて、俺が方向を指示するのだ。こいつも、久しぶりの俺との遠出に、大いにはしゃいでいるな」

「そ、そうなの？」

カナメはびくびくと竜の顔を見る。

二人分の鞍《くら》が載せられた。

「今日は、ことさらに、ゆっくりと竜を操するゆえ、安心するがいい」

先に竜に乗ったロンユーが、カナメに手を貸してくれた。カナメのほうが前になる。鞍についている手すりに、カナメはしがみつく。

池の端から、竜は首を上にして、徐々に、徐々に、上昇を始めた。ロンユーは、竜を操っている。

「そら、カナメ。見てみるがいい」

「わ、あ……」

下には平野が広がっている。これってどのくらいの広さがあるんだろう？　そんな、カナメの気持ちを悟ったかのように、ロンユーが答えてくれた。

「文章《もんじょう》博士が言うのには、この国の大きさは、そなたの国の一番大きな平野が五つほど入る大きさらしい」

それって、関東平野のことだよね。関東平野五つ分。大きいのか。小さいのか。だが、この国の規模としては適切な感じがした。

「翠雨苑に近いほうから、都市部。続いて、芸術と音楽と学業の町。この二つが、我が国の多くを占める。多くの芸術家がここに住む。そして、農地、牧草地、少し山も造ったな。海岸近くは漁場として優れている。国境近くはまだ荒れているので、少々、手を入れていく必要があるな」

仙境から下って、海までの空を、竜はなめらかに泳いでいく。飛行機ほどの速さだと思うのだが、眼下に過ぎゆく景色の割には、風圧をほとんど感じなかった。

「とっても、きれいな国だね。ロンユー」

心から、カナメは言った。ロンユーは、答えた。

「そうだな」

ロンユーはカナメの耳元にささやくように言った。くすぐったい。

「おまえが来てから、この美しい国、そこに住む人々を守りたいと願った当時を、思い出した。忘れてはならないのに、そうなりかけていたのだな」

彼は、続ける。

「仙王に求められる資質はただ一つだけだ。常に機嫌良くいることだ。俺の気分が、心の平《たい》らかさが、この世界の平穏と繋《つな》がる。なかなか、これが難しくてな。だが、カナメ。おまえがいれば、そうあれる気がする」

「ほん、とに？」

すごい、嬉しいんだけど。わあ、どうしよう。世界で一番好きになってしまった人に、おまえだけが俺をご機嫌にできるって。そう、言われてる？

「俺は、おまえが愛おしい。初めてだ、こんな気持ちは」

カナメ、と、ロンユーが言った。

「俺の正妃《せいひ》となって、この地にとどまってくれないか。おまえのいない人生を生きるのは、もう、考えられないのだ」

「正妃？」

——ん？

「それって、妾妃とどう違うの？」

「正妃は天帝の御前で愛を誓う。そして、仙王と同じ寿命を授かることになる。俺と、ずっとともに生きてくれないか。カナメ」

「ともに……？」

帰るのが当然だと思っていた。けれど、違うんじゃないだろうか。この、孤独な王様を、慰め、心から笑わせることこそが、自分にとってするべきことじゃないだろうか。

とはいえ。

このまえまで受験生だったのに、それがいきなり、この世界に来て一国の正妃にというのは、いくらなんでも、展開が速すぎる。そんなに速く、切り替えられないよ。

「即座に返事はできないけど……——前向きに検討したい、です」

なんだ、この返事。だけど、これが、今の自分の正直な気持ちだ。

「いい返事を待っている」

そう言うと、ロンユーは背後から抱擁してきた。首を回す。頬が、続けて唇が重なった。

好き。

愛おしい。

素直にそれが、伝わってくる。唇をつけるだけのキスだったけれど、自分たちは初めて、したいから、ただ、口づけたいからしている。

仙気を吹き込むのが目的ではなく、愛を伝えるために、している。

なんか、違う。今までとまるで、違う。離れるのが、名残《なごり》惜しい。だから、もう一度、する。また、もう一度。伝えたりなくて、する。真上にあった太陽が、海へと傾いていくまで、そうしていた。

竜が震えた。

「ああ、すまない。もう、帰らないとな」

竜は、水が恋しかったのだろうか。翠雨苑に帰り着くと、そのまま、池に飛び込んだ。振り落とされたロンユーとカナメは、睡蓮の大きな葉の上に落ちる。竜の立てた大きな水しぶきに、二人は水浸しになった。

顔を見合わせると、おかしくなって、笑いだした。

「まあまあ、おふたりとも。びしょ濡《ぬ》れではありませんか」

侍女たちが、湯殿の支度に走る。


二人は、湯殿に追い立てられ、侍女たちに服を剝《は》ぎ取られた。恥ずかしいなんて、言っている暇もなかった。

この、見とれてしまうほど、たくましい身体と、美しい髪と目、そして、それ以上に澄んだ心の持ち主が、自分の伴侶となる人なのだ。

ロンユーの身体は服の上からこうと思うよりも厚みがあって、その傷さえもかっこいい。いつまでも見つめていたくなる。

——あれ？

どっどどっ。心臓の音が激しい。顔が赤い。まだ、軽く湯を浴びただけなのに。

「カナメ、おいで」

ロンユーが広い浴槽から手を差し出して誘う。

「あ、はい」

カナメは縁に手をかけて、後ろ向きに湯に入った。ロンユーが背後からカナメの腰を抱く。カナメはロンユーに導かれるがまま、彼の太腿《ふともも》の間に腰を下ろし、背後から抱かれる形になった。先ほど、竜に乗っていたときのかっこうと、どこか似ている。

違うのは、ロンユーのいたずらな手のひらが、自分の腹に回ってきていることだ。指が曲げられ、腹を滑っていく。

カナメの奥底をさぐるように動く。

くすぐったい。それだけではなく、もっと深くまで響いてくる。

「ロンユー、どこをさわってるんだよお」

抗議しながらも、鼻にかかった甘い声になる。

「子猫のときには、ここが白くて柔らかくて、そのさわり心地が好ましかったが、人となっても、よいな」

「ぼくがぷにぷにしているって言いたいの？」

「違う。そなたは、猫でも人でも、愛らしいということだ」

もうもう、ロンユーにそう言われると、どうしていいのかわからなくて、顔をうつむけてしまう。

「なんだ、こうされるのは、いやか？」

「いやじゃ……ないけど……」

「子猫のときには、もっとここを撫《な》でてくれと、あられもない姿でねだったではないか」

そう。あのとき自分は、ころんとお腹を見せて、撫でてというポーズを取った。

――猫だったから。あのときは、猫だったから！

今思い返すと、なんという淫《みだ》らな姿だったのだろう。恥ずかしい。いっそ、記憶を消してほしいくらいだ。

「いつぞや、そなたは聞いたな。『どうして自分がカナメだと信じてくれたのか』と」

「うん」

あれは、ロンユーが毒殺されると勘違いして、辛いものを食べ、そのショックでなのか、人間に戻った直後。

「あのときは、そなたが辛いと叫んでおり、猫の寝床にいたからだと答えた。それも、間違いではない。だが、一番は、猫のそなたも、人のそなたも、ほかの者ではあり得ない感情を、俺にもたらしたからだ」

カナメは背後のロンユーを見る。

あり得ない感情って、どんなのなんだろう？

「猫でも、人でも、そなたは愛しい。見ていると、胸が温かくなり、生きているのだと教えてくれる。ふれて、この指で、確かめたくなる」

「え、ええ？　そうだったの？　ぼくはてっきり……」

「てっきり、なんだ？」

カナメは正直に言った。

「だって、あんな仏頂面《ぶっちょうづら》をするから。猫のカナメは好きでも、人間はイヤなんだって思ってた」

あれ？　そういえば、猫だった当時も、最初の頃のロンユーのイメージって「恐《こわ》い」そして「何考えてるのかわからない」だったような……。

「自分の気持ちに戸惑っていたのだ。うまく、顔の筋肉が使えずに、誤解させた。すまぬ」

「『すまぬ』って、なんに謝っているんだよ？」

「それも、そうだな」

ロンユーが、カナメの身体を背後からいっそう、抱き寄せた。

「……ん？　ロンユー、これ……」

ロンユーが、平然としているので、気のせいかと思った。念のためだと、これ以上なくロンユーに密着すると、いきもののように、それは、硬度を増した。

尾骨に当たっているこれは、もしかして、ロンユーの？　しかも、その……――勃《た》っている？

ロンユーはより強くカナメを抱く。

「しかたあるまい。おまえのせいだ、カナメ。仙王はその手の欲が薄くなるとよく言われるが、カナメに関しては、別なようだ」

ロンユーが、自分にだけ、発情している。この人の欲望は、自分だけのもの。その事実に、カナメはおかしくなくらいに昂《たか》ぶった。

ロンユーがカナメの耳元にささやいた。

「おまえは、仙王たる俺に、自慰をさせたのだぞ」

じい……？

自慰？

「なんてこと、言うんだよ！」

どういう顔をしていいのか、ますます、わからなくなるよ。

「恥ずかしがるカナメは、またいっそう、可愛いな」

でも、なんだろ。ロンユーが、自分に欲を感じてくれてるのが、誇らしい。ほかの人だったらぜえええったいにいやなのに、ロンユーだったら、いいんだよな。むしろ、嬉しい。

ロンユーは、笑って言った。

「仙気は生気であり、精気でもある。つまり、仙気が好ましいというのは、身体の相性がいいということらしいぞ」

「身体の相性？」

首をひねったが、それは、性的な意味合いのことなんだと理解した。

カナメの身体がカーッと熱くなった。それと同時に中心にじれったいような感覚がある。

ロンユーのほうに向くと、叩くまねをする。

「もう、そういうこと言うんだから」

これは、じゃれあいだ。ロンユーもわかっていて、いなす。カナメの手を取って、口づける。

ロンユーの唇は、手の甲を経て、腕を駆け上がり、カナメの唇を塞いだ。舌が、入ってきて、ふれあった。

——あ……っ！

なんて、貪欲なんだろう。

初めて恋人のキスをしたのに、ちょっぴり物足りなくなっている。もっともっとって思ってしまう。さらに、奥までさらってほしいってなってる。

「熱い、熱いよ。ロンユー……。なんだか、目が回る……」

うわごとのように言ったあと、カナメの意識は暗転した。


カナメは、自室でのびている。

「うー、まだあっついよー」

風呂でのぼせてしまったのだ。

「すまなかった。大丈夫か？」

ロンユーがうちわであおいでくれている。仙王陛下にこのようなことをさせているのは申し訳ないが、風が気持ちいいからそのまま、あおいでいてほしい。

「長風呂でございましたね」

清涼な飲みものを持ってきてくれた侍女がそう言った。

ロンユーとカナメは目を合わせて照れ笑いを浮かべる。

まだ、くらくらしている。

ロンユーの裸とか、自分を欲しいと思ってくれていることとか、この、もだもだするような感覚がおそらくは「せーよく」っていうんだとか。カナメが情報過多でぐるぐるしているその脇で、彼にゆるやかな風を送りながら、ロンユーがつぶやいた。

「あいつらに報告せねばならんだろうな」

――あいつらって、だれだろう？

■08　仙王たちのお茶会

その日はうっすらと曇っていた。

朝から姿を消していたロンユーが、カナメの部屋に来た。

ロンユーは、いつもよりも、いい服を着ていた。上着の袖口には金糸の縫い取りがあり、ロンユーはいつもと違って冠をつけている。カナメは冠はつけていないものの、髪を念入りにとかされ、着物と裳《も》の上に透ける薄物を羽織らされ、あまつさえ、唇に紅をさされた。

「カナメ、今日は一段と、美しいな」

そのときだけ、一瞬、日が射《さ》したのだが、すぐにまた元の薄曇りに戻ってしまう。

ホンイエンが、ロンユーに注意する。

「ロンユー真君、今日は晴れにして下さいと申し上げてあったはずですが」

「わかっている。わかっているのだが」

ロンユーは自分のことをまだまだ未熟だと言っていたが、なるほど、ときに気持ちが天候を左右してしまうわけか。ということは、今日の客は、「すごくいやではないけれど、まあまあ、苦手な人」、と予測される。

「ロンユー、今日は誰が来るのか、もう教えてくれてもいいんじゃない」

カナメが言う。

カナメも同席するように、ロンユーから言われているのだ。

「実際に会ってからのほうが、わかりやすいと思ってな」

翠雨苑の前の宮に行くのだと思ったのに、ロンユーは裏手に向かって睡蓮池の道を歩いていく。後の宮に行くのかとぎょっとしたのだが、違った。

道は、裏門に通じていた。

裏門といっても、表門より豪華だ。白一色の扉は、複雑な浮き出し模様が施されている。丸い取っ手は金で、ロンユーはそれに手をかけた。門が開いた。

「ん？」

門の向こうは、カナメが思っていたような須弥山の始まりではなく、花園であり、温かな光に満ちていた。どちらかというと、屋外のカフェのようだ。

卓《テーブル》まで置いてある。

卓の上には、酒瓶や茶器、杯《はい》や茶菓子、果物がのっている。

「遅いぞ、ロンユー」

「まこと、待ちくたびれました」

「楽しみにしてたんだからね」

卓を囲んで、三人がいた。

ロンユーにこんなに親しい口を利くのは、カナメの知る限りではチェンスーだけだ。

カナメは、目をパチパチさせる。

「だれ……？」

ここにいる三人は、年齢も性別もばらばらだった。

一人は、白髪の大男。年齢は四十ほどだろうか。

一人は、黒髪の青年だった。ホンイエンと同じように、文官の匂いがする。

そして、もう一人は、ようよう中学生といった年齢の女の子だ。茶色の髪がカールしている。幼さが残るのに、ここにいるのが、さも当然といった態度だった。

少女が遠慮なくもの申した。

「我らは、まあ、いわばロンユーの友人のようなものよ。そなたがロンユーの正妃候補であるな。なかなかに愛らしい」

友人……？

カナメは首をひねる。

ロンユーの友人たちはすでに全員、鬼籍に入ったと聞き及んでいる。ロンユーが言った。

「カナメ、紹介しよう。こちらが、他国の仙王たちだ」

「仙王？」

「須弥山《しゅみせん》を真ん中に、東西南北に国はある。その、各々の国の仙王だ。この場所は、仙境たる須弥山にあたるので、ここまでは他国の王も来ることができる」

大男が言った。

「我は、北の玄武《げんぶ》の仙王、ユアンチュアン。司《つかさど》るは、交易。特に、他国と交易する船は、うちで引き受けている」

青年が言う。

「私は、南は朱雀《すざく》のジンイン。朱雀は、職人の国。どうぞお見知りおきを」

少女がくりくりとした目に好奇心を隠さず、言った。

「私は西は白虎《びゃっこ》のハイファ。うちの得意は、農業だ」

「それじゃあ、青龍《せいりゅう》は？」

なにが得意なのだろう。むすっとして、ロンユーは教えてくれた。

「青龍は、芸術だ」

ロンユーがそう言うと、三人は笑い出した。ハイファが言った。

「天帝も、こんな不調法な男に芸術の青龍を任せるとは。竜弦が泣いておろうよ」

ロンユーが苦い顔で言った。

「しかたないだろう。俺はもともと、武人なんだ」

カナメはロンユーをかばう。

「でも、このまえのロンユーの歌と演奏は、すごくすてきでしたよ」

三人が黙った。ロンユーがしまったという顔をしている。もしかして、言わないほうがよかったのだろうか。

「これは、これは」

「恋をすると、馬も歌い出すとは、真実だったか」

「そなた、すごいのう。このロンユーに歌わせたか」

ロンユーは、困った顔をしている。

「そうやってからかうから、言いたくなかったんだ」

なんか、おもしろいな。ロンユーが親戚のおじさんおばさんにからかわれている高校生みたいに見える。

ハイファがまだ笑いながら、言った。

「すまぬの。からかうつもりはないのだが、なにせ、百年少しの小僧っ子ゆえな。さまざま、応援したくなるというものよ」

「百年少しが小僧っ子……」

そういえばホンイエンが、仙王は不老長寿なのだと言っていた。もしかして、この人たちは、ロンユーよりも、もっとずっと年を取っているのだろうか。

「しかも、ロンユーは、私らのように仙王の子孫ではない、生粋の人間だからな。可愛がりたくもなる。そうさな、私は、友人兼、ロンユーの祖母のようなものよ」

ハイファは微笑んで、言った。

「祖母は、茉莉花茶《まつりかちゃ》が飲みたいぞよ」

「ハイファ……」

「飲みたいぞよ。湯はあるゆえ、茶葉を持ってきてくれればよい」

しょうがないなと、ロンユーは立ち上がり、門に向かった。

ジンインが、肩をすくめて、カナメに言った。

「仙王といっても、つまらないものですよ。どんな贅沢もいずれは、あきます」

ユアンチュアンもうなずく。

「さよう。仙王とは、仙と人との境目にある。翠雨苑のようにな。特に、ロンユーはまだ若いからな。人であった時間《とき》が忘れがたいのであろう」

人と仙。

カナメは思ってしまった。これから、ロンユーが時間を重ねるとしたら、どうか、人として生きてほしいなって。そういうロンユーであってほしいなって。

そう、願ってしまった。

「そなた、絵をたしなむのじゃな」

ハイファの手の中には、カナメがこちらに来てから描きためた絵が束ねられていた。そういえば、客に絵を見せてもいいか、ロンユーに聞かれたっけ。

「はい。拙《つたな》いものですが」

「謙遜はいらぬぞ。うまいものじゃ。まるで、目の前にあるようだったぞ」

そう言って、ハイファがカナメに、新しい紙と絵の具と筆を差し出してきた。

もしかして、これは、ここで描けということだろうか。

このぼくに、ここで？

この、どう考えてもお偉いさん大集合の、いわば仙王サミットで？

「あの、その。ちょっと、右手が痛くて」

「おお、それはいかんの。朱雀の、よい医者を翠雨苑までよこしてやれ」

「わかりました。帰ったら、すぐに手配いたしましょう」

すみません。嘘をつきました。

だが、それが嘘であることくらい、彼らにはわかっていたに違いない。みんなの目が笑っていたから。

「……描きます。なにがいいでしょう？」

「そうじゃな。異界の服には興味がある。私のような女子《おなご》は、そちらでは、どのような服を着ているのかの」

ハイファにそう言われたので、考えたあげく、学校の制服を描いた。じゃっかん、スカート丈は長くしたつもりだったのだが。

「ほおおお、足を出しておるのか。しかし、裳裾《もすそ》が短いのう。下着が見えてしまわないのかの」

「それは、その。見せるためのものを、本来の下着の上に穿《は》いているので、平気なんです」

女子が下にスパッツを穿いているのは知っていたので、そう表現したのだが、「見せたくないなら、なぜ、このように短い裳を？」と、ハイファがふしぎそうな顔をしている。ですよね。ふしぎになりますよね。

「あのですね。ぼくがいたところ、日本は、夏になると、すごく蒸し暑いんですよ。だから、こちらのように丈の長い裳など着用したら、蒸れちゃうんです」

ハイファが驚いたように、カナメを見た。

「おぬしの国の王は、なにをしておる。少し、気温を調節したらよかろう」

「そういう機能は、なくてですね。天気は、おてんとさまの好き勝手です」

「ということは、失王《しつおう》しておるのか」

「あ、はい」

そういう言い方をされてしまうと、地球は始まってからずっと、失王している。

「そうか……。それは、たいへんなんじゃのう」

気の毒がられてしまった。

「ほかにはないのか？　こう、華やかな服が見たいのう」

「あとは、こういうのとか」

ハイファが好きそうな服。ひだ飾りがたくさんあって、可愛い模様がちりばめられていて。

お姫様が着るみたいなドレス。

カナメが描き終わると、浮かび上がる。

ハイファは、ごきげんになった。

「これは、いいのう。帰ったら、これを注文せねば。とびきりの糸を作らねばな」

ユアンチュアンが言う。

「運ぶのは、うちの仕事だ」

ジンインも添える。

「織るのは、こちらに。そして、刺繡《ししゅう》はこの青龍で」

「さよう。四国《よんごく》どの国が欠けても、困るのじゃ。カナメよ。おぬしなら、ロンユーの力となれそうじゃ。あまりに、あの男は孤独すぎる。抱えすぎるのだ」

「はい」

そうだ。自分一人で抱えて、甘えることをしなかった、ロンユー。

自分を大切にしないとだめだ。そのためには、ぼくがいないとだめだ。

彼女は口ずさむ。

百葉《ひゃくよう》の　百葉の　睡蓮の葉の
千歳《ちとせ》に巡る　仙の王

茶の筒を片手に、ロンユーが帰ってきた。息を荒らげている。どうやら、走って帰ってきたらしい。

ロンユーは、「なにを話していた、カナメに変なことを吹き込むなよ」と念を押した。

お茶会は、日が落ちる頃には解散になった。どうやって帰るのだろうといぶかしんだのだが、白虎に鳳凰《ほうおう》に玄武——蛇をまとった亀にみえる——と、おのおの、ちゃんと乗り物があるらしい。彼らは、自分たちに与えられた神獣に騎乗すると、ロンユーに別れを告げる。

「それにしても、天帝の課題が楽しみじゃのう」と、別れ際、ハイファが言った。

——天帝の課題？

それってなんだろ。でも、とにかく。

ここに入ってこられるのは青龍国では、ロンユーと自分だけなので、門まで食器を運ぶのをカナメも手伝った。そうしながら、できるだけさりげなく、カナメは言った。

「また、お茶会があるときには、ぼくも準備を手伝うからね」

「……それは」

驚いて、ロンユーは茶碗を落とす。みごと、こなごなに割れてしまった。

気の毒な茶碗を踏みしめて、ロンユーはカナメに近づく。

「もしや、なにか言われたか？　あいつらに」

「まあ、言われていないと言ったら嘘になるけど。でも、これは、自分で考えて出した結論だから」

「それは、正妃になってくれるということか。そういうことでいいのだな」

「うん、なるよ。それで、ロンユーとずっといるよ」

ロンユーは、カナメを抱きしめてきた。

「約束しよう。カナメ。俺は、いつもおまえの幸せを一番とする。おまえのことを優先する」

「ぼくもだよ。ロンユー、ロンユーがぼくがいたら嬉しいなら、側にいるよ。ロンユーを支えるよ」

二人は、そう、誓い合ったのだった。

■09　天人花咲くとき

天帝。

カナメがこの世界に来るきっかけになった存在。

会えたら理不尽さを訴え、元の世界に帰してくれるよう頼もうと思っていたその相手に、ロンユーの正妃となる、いわば結婚の許しを得に来ているとは。人生はどう転ぶかわからない。

カナメとロンユーは、須弥山の頂上、天帝の御前にいる。

そのはずだ。

というのも、カナメには、その天帝とやらの顔が眩《まぶ》しすぎて見えないのだ。

「無理にお顔を拝見しようとしなくてもいい。目が潰れるぞ」

そっと、ロンユーにささやかれたので、カナメの視線は、天帝の玉座の脇に侍《はべ》る、数十羽の兎《うさぎ》たちに移った。

うさぎ　なに見て　はねる
――もしかして、ぼくをここの世界に連れてきた張本人も、この兎の中にいるのかな。

そんなことを考えたりする。

ああ、いい毛並みだなあ。あの中にうもれたら、さぞかし気持ちいいだろうなあ。うふふ。もふもふもふもふもふ、もふもふもふ……。

緊張していたせいか、それとも目の前の兎たちがあまりにも可愛らしいからか、カナメはなんだか、普通ではない精神状態になってきていた。眠い。のである。

――だめだ、寝ては。

仙王であるロンユーだって、かなり、偉い。おそらく、国で一番、偉い。だが、天帝というのは、この世界で一番偉い人だ。ほとんど、神様だ。

その人の前で、寝るなんて、とんでもないことだ。

カナメは人知れず、指先で腿《もも》をつねった。つかの間、覚醒するが、痛みが去ればまた、眠気はやってくる。

けれど、ロンユーと天帝は、難しい古語混じりの言葉で話しているらしく、カナメにはよく聞き取れない。まるで、子守歌のよう。

ほわー。

「カナメ、カナメ！　終わったぞ」

ロンユーにつつかれて、はっと目が覚めた。カナメは立ったまま眠った上、口の端から涎《よだれ》を垂らしている自分に気がついて、その場で転げ回りたくなった。

よりによって。なんということを。

天帝はいなくなっていた。

「え、なに？　なにが、どうなったの？」

「帰り道に、おいおい、な」

ロンユーがこちらを見ている。そして、彼は、笑い出した。

「なんだよ、ロンユー」

「さっきのおまえの、呆《ほう》けた顔を見ていたら、おかしくてな。俺もけっこう緊張していたのだが、それがほぐれた」

うう。居眠りしていたのが、しっかり、バレた。

「いつもは、こんなことないのになあ」

校長先生のどんなにつまらない、無駄に長い話だって、手の甲をつねって耐えられたのに。

「天帝をおそれないというのは、よいことなのだよ。カナメ」

「おそれる?」

天帝は、目に眩しい。それはわかる。だが、おそろしいとは思わなかった。

「心にやましいものがある者は、天帝がおそろしいそうだ。その点、おまえは素晴らしい」

ロンユーは笑って、空中にいる竜から垂らされた長いたづなを握り、カナメの肩を抱く。竜が、風を巻き起こし、二人を自分の背へと乗せてくれた。

四神の仙王たちが所有する騎獣の中で、ロンユーの竜が一番大きいそうだ。その分、長い距離を飛行できるが、着地すればそこら一帯の樹木をなぎ倒してしまう。そのため、翠雨苑以外では、ホバリングするヘリコプターにロープで乗り込むがごとく、風を使って乗せてくれるのだという。

竜に乗るのは二回目だ。なのでカナメは、安心して乗っていられた。落ちついて、話をする余裕がある。

「なんだか、難しい言葉で、よくわからなかったんだけど、天帝となにを話していたの?」

「おまえを正妃にすることについては、格段の歓《よろこ》びだとおっしゃっていた」

「え、そうなの? なんだ、そうだったら、天帝にお礼を言えばよかった」

「礼にはまだ早いぞ。俺は、天帝から課題を出されたからな。『稀月のあいだに天人花《てんにんか》を后《お妃候補》がねに捧げよ』だそうだ」

「天人花って?」

今までカナメがスケッチした花の中には、そういう名前のものはなかったように思う。

「天人花は天帝の庭に咲く花だ。ようは、俺にそれを盗めということだな」

「大丈夫なの、そんなことして」

いや、待て待て待て。

「あ、わかったよ、ロンユー」

これは、出来レースに違いない。

「盗むふりをするんだね。そういうことでしょう？」

「ところが、そうではないのだ。これは、本気の勝負だ。天帝の庭には、あまたの神獣が番をしており、俺を妨害しようとするだろう。その番人と、本気でやりあうことになろう」

なんだって？

「ロンユー、ぼくは、正妃になれなくてもいいよ。危ないことは、しないで」

「カナメ」

背後から、ロンユーはカナメの身体を抱きしめてきた。

「俺は、それではいやだ。仙王となってよりこの方、こんなになにかを望んだことはない。カナメなしで生きる未来など、いらないとさえ言い切れる」

「ロンユー……」

耳への口づけが熱く、吹き込まれる言葉が痛いほど甘く、彼の本気を伝えてくる。

「仙王としては、失言なのかもしれない。だが、俺は本気でそう思っている。だから、待っていてくれ。俺は、必ず天帝の庭から天人花を奪い、おまえに捧げる」

ロンユーは力強くそう語った。


わかったよ。わかったのだけれど。

「久々に腕が鳴る。だいぶ、なまっているだろうな」

その日から、ロンユーは武道場で本格的な稽古を始めた。

武官同様、短い上着に袴《はかま》になり、真剣な打ち合いをする。見学しているカナメが、ひやひやしてしまうほどの入れ込みようだった。

——すごいよ。なんで、そんなにやる気満々なの？　そして、生き生きしているの？

相手を討ち取ったロンユーは、得意げだった。豪快に笑っている。

——やけに、楽しそう。

「これが、天帝の庭から花を盗めなんていう、物騒なイベントごとじゃなければ、ロンユーが楽しそうなのは、大歓迎なんだけど」

思わず、カナメの本音は口を衝いて出てしまっていたらしい。

「いやいや、憂慮は不要でありますよ。カナメ殿」

ロンユーに早々に討ち取られたナガライが、布で自分の汗をぬぐいながら、カナメに言った。

「天帝の庭の眷属《けんぞく》がどれほどのものであろうとも、赤縒《あかよ》りの将軍殿の敵ではありますまい。みごと、たいらげていらっしゃるにちがいありません」

前にも聞いたな。赤縒りの乱とか。

「赤縒りの将軍って、ロンユーはそう呼ばれていたんですか？」

「さよう」

ナガライは、説明してくれる。

「かつて、この翠雨苑には、仙王候補の三兄弟がおったのです。実際は兄弟ではございませんが、数少ない仙王の子孫でありますから、みなにそう呼ばれておりました。しかし、全員が天帝から仙王として認められませんでした。彼らはそれを不服として、翠雨苑に立てこもりました。前の仙王が指名しておりましたロンユー様が天帝にお会いになるのに、天門をあけるのさえ、邪魔をする始末」

それって、ホンイエンから聞いたことがあったな。ロンユーは前の仙王の警護担当であったと。

ナガライは、まるで自ら見たかのように、生き生きと話し続ける。

「ロンユー様を支持する者は、赤い房をつけました。ロンユー真君もまた、自らの刀の柄《つか》に赤縒りの房をつけたのです。よって、彼は当時『赤縒りの将軍』と呼ばれました。そして、ロンユー真君は玄武の船にて海上の幽境近くから他国に渡り、そこから天門に入り、無事に天帝にお目通りし、仙王の宣旨をいただいたのです」

「それが、七十三年前なんですね」

「そうです。私とて、祖父から聞いた話なのですが、ロンユー真君ほどの名君はおりますまい。当家が代々、お仕えできることを、名誉に思っております」

ナガライの目が、キラキラしていた。

なるほど。ホンイエンは試験を受けて登用されたと言っていたけれど、ナガライは祖父の代からロンユー一筋なんだね。

ロンユーは強い。賢い。認めるけど。天帝は、ものすごい力を持っているらしいから、心配だよ。


ついに、課題に挑む当日になった。

「行ってくる。必ず、天人花をそなたに捧げるゆえ」

ロンユーは、カナメにそう言って抱擁したのち、単身、天門から須弥山に入っていった。

須弥山。

カナメが知っている須弥山は前庭みたいなところで、ほかの国の仙王たちと会ったのと、竜に乗って一気に頂上近くまで天帝に謁見しに行ったぐらいだ。ほんのさわりにすぎない。

「大丈夫。ロンユーは、強いし、賢いんだから」

そう、カナメは自らに言い聞かせてみた。しかし、夜半になってもロンユー真君は戻らず、竜が落ちつかなげに何度も跳ねた。


一晩が経った。

翠雨苑じゅうがざわついている。

カナメだってわかる。仙気が、減り続けている。

仙気が尽きたときの苦しみは、カナメ自身、よくわかっている。それが、国レベルで起きる……——それすなわち失王だ。それが今、始まろうとしているのではないだろうか。

心配で天門まで行くと、かがり火が焚かれ、おもな文官や武官が集まってきていた。

「ホンイエンさん」

カナメは、ホンイエンに聞いた。

「ロンユーは、大丈夫なんですよね。不老長寿なんですもんね。毒にもやられないって言ってましたもんね」

ホンイエンの顔色は悪い。

「カナメ様。この翠雨苑から下、ロンユー真君のお命を脅《おびや》かせる者はおりませぬ。けれど、須弥山は別です」

ひくっと自分の頬が攣るのを感じた。

「で、でも、天帝って、神様みたいなものなんですよね。ロンユーに、そんなひどいこと、しないですよね」

「私は、人間なので。太陽や月の気持ちがわからないのと同様、天帝のお気持ちも量りかねます」

神話は、学校の勉強のついでに少々齧《かじ》ったことがあるくらいだけれど、神様ってけっこう理不尽だった気がする。

そして、ロンユーは人間だ。だれが、なんと言おうと、人間だ。だから、ミスだってするだろうし、疲れて弱音だって吐くだろう。

そのロンユーに、なにかがあった。そして、この中に入れるのは、ここでは、自分だけ。

カナメは自室まで行くと、軽装に着替えた。

「どっちにせよ、ロンユーなしにはいられないんだし」

カナメは知っている。ロンユーがもしあまりにも遅くなったら、自分は仙気をこなすことができずに、溺《おぼ》れるように死んでしまうだろう。

ロンユー以外から与えられる仙気など、思っただけで怖気《おぞけ》が走る。

だったら、ロンユーの近くに行きたい。ロンユーを確かめに行きたい。

「カナメ様？　そのかっこうは？」

天門前で、カナメの様子に気がついたホンイエンが、手をつかもうとしてきた。カナメはするりと逃げる。そう、まるで、猫のように。

そして、まっすぐに駆けてゆく。

武官たちがタックルしてくる。それをかわして、天門をあけて走り込む。ここに入ることができるのは、青龍国では、ロンユーと自分だけだ。

「ロンユーを見つけてくるから！」

なんだろう、ぼくは。ロンユーのことしか、考えられない。どうしたんだろう。そうだ。ロンユー成分が不足しつつあるんだ。

――ロンユー成分。

そんな自分の言い方に、カナメは笑い出しそうになる。

「ロンユー、ロンユー！」

だけど、そうなんだ。お肌に潤《うるお》い成分が必要で、身体にビタミンが必要なように、自分には、ロンユーが必要なのだ。こんなにも、いるのだ。

このまえ、お茶会をしたところから入山する。険しい斜面に、かろうじての道がある。この道をロンユーは行ったのだろうか。

針葉樹の森の中を抜けていく。

「ん……？」

自分を追ってくる足音がする。ぱきぱきと枝を踏んで追ってくる。獣の息遣いがすぐ後ろでする。

「き、気のせい。きっと気のせいなんだから」

そう自らを励ましつつ、カナメはロンユーを探す。

「きっと、こっち」

飢えた者が食べ物の匂いに敏感になるように、カナメはロンユーの匂いに敏感になっていた。果たして、いくらも行かないうちに、カナメはロンユーを見つけた。

つい先ほどまで、針葉樹の森であったのに、紅葉している落葉樹の森が始まっている。その一本の木の根元で、ロンユーはかたわらに籠《かご》を置いて、休んでいた。

「ロンユー！」

カナメは、呼びかけると、彼のところに走り寄り、飛びついた。

指先から肌から、ロンユーを吸い込む。

「無事でよかった」

「ああ。まあ、な」

なんだか、言葉を濁している。なんだか、様子がおかしい。いつもなら、抱き返してくれるのに、そうしない。

「……ロンユー？」

身体を離して、ロンユーをもう一度、見てみる。ロンユーは、顔をこちらに向けているのだが、視線が合わない。

「ロンユー。目、どうしたの？」

「天帝の庭から天人花をつんだはいいものの、一ッ目の番人に見つかったんだ。目をやられた。あと、身体がしびれている。うまく立てないのだ」

カナメは真っ青になった。

ロンユーは言った。

「カナメ、天人花をおまえに捧げよう」

「そんなのは、あとでいいよ。それより、どうすればいい。人を呼んでくればいいの？　ああ、だめだ。青龍からは誰もこっちに来られないんだよね。ぼくがロンユーを背負えればいいのに。竜に頼んで、隣の国まで応援を頼めばいい？　朱雀のジンインか玄武のユアンチュアンは応援に来てくれる？」

カナメがそう言って、必死に算段を立てていると、ロンユーが声を立てて笑った。

「どうして笑うの？　こんなにたいへんなときなのに」

けれど、それでこそロンユーだという気もする。

「俺の正妃は頼もしいな。そんなにおおごとにしなくても、大丈夫だ。針葉樹の森を入ってすぐの小道の先に、チェンスーが居を構えている。彼は九尾《きゅうび》の狐《きつね》、薬学に詳しい。彼を、呼んできて欲しいのだ」

ロンユーは、身体を動かそうとしたようだが、それは果たせない。

「ふだんだったら、手を打てば応じてくれるのだが、むりなのでな」

「うん、わかった。この道を引き返せばいいんだね。探して、連れてくる」

「待て、カナメ。顔を、こちらに向けて」

「ん?」

ロンユーは、カナメに口づけた。呼吸が入ってくる。

「ん……ん」

吐息に身体の奥をくすぐられている。そんな気がした。

「……ロンユー、なにをこんなときに」

「おまじないだ。俺の仙気を色濃く纏《まと》っているおまえには、ここらの獣は手を出せまい」

うなずいて、立ち上がった。カナメは道を戻り始める。

カナメのすぐ近くを、兎が走って行く。

「道案内、してくれるの?」

兎は、「黙って、俺についてきな」とでもいうように、カナメのほうを振り返る。兎を見失わないように、カナメは必死になって追う。ほどなく、針葉樹の森に引き返すことができた。そこには、来るときには気がつかなかった小道がある。兎はそこを入っていった。尖《とが》った葉が両側からせり出している小道を、カナメはできるだけの速さでたどる。

くるりと兎がこちらを見る。

「じゃあ、俺はここまでだから。グッドラック！」、兎がそう言った気がした。

「あ、はい」

兎が去って行ったと同時に、針葉樹の間からうなり声がした。脱兎《だっと》の言葉通り、兎の足は速い。もう姿は見えない。

――え、待って。嘘でしょう。ここに置いていかないで。

がさがさと針葉樹が揺れる。

「ひ、うひー！」

――今度も兎でありますように。じゃなければ、ほかの仙王が散歩しているとか。そういうのでありますように。

だが、カナメの願い虚《むな》しく、姿を現したのは馬鹿でかい獅子《しし》だった。しかも、頭が三つある。日本にいたときに、こんなのと顔をつきあわせたとしたら、カナメは足がすくんで動けなくなっていた自信がある。

今だって、膝がうまく合わない。

だが、ロンユーが大丈夫だと言ってくれた。だから、絶対に大丈夫なはずだ。

そう信じて、一歩を踏み出す。フーフーと鼻息を立てながら、後ろから獅子がついてくる。

ぎくしゃくと、カナメは歩いた。気がつくと、同じほうの手足を同時に出していた。これはナンバ歩きというんだったよななどと、よけいなことを考えつつ、小道をよろめき行く。

――信じろ、信じるんだ。ロンユーの匂いがぼくを守ってくれるって。

今、このとき、ロンユーを助けることができるのは、自分だけなんだから。だから、なんとしてでも、チェンスーさんのところに行って、薬をもらってこないといけない。

ようやく開けた場所に出た。一軒の家がある。山小屋みたいな家だった。気が急いたカナメは、走り出した。それがまずかったようだ。獅子も走り出した。

「あ、あ、あああっ！」

やばい。これは、やばい。カナメはどうやら、獅子を刺激してしまったようだった。

肉食動物は、捕食相手が動くと反射的に動きたくなる。猫のときに、ロンユーが筆で遊んでくれた。動きに興奮するのは、知ってたじゃないか。

「ばかばか、ぼくのばか！」

獅子は、カナメの背後から襲いかかってきた。カナメは地面に倒される。肺が圧迫されて、苦しい。

――一巻の終わりだ。

ああ、自分の命は惜しい。だけど、それより、何より、ロンユー。ロンユーのことを助けたいのに。

カナメは叫んだ。彼が、今ここにいることを願って。

「チェンスーさん、チェンスーさーん、そこにいらっしゃいますか。カナメです。ロンユーのところのカナメですー！」

幸いなことに、チェンスーは在宅していた。すぐに扉が開き、白衣のように簡素な服を着た彼が出てくる。

「おやまあ、ロンユーのところの子猫ちゃんじゃないか。どうしたんだい、こんなところに」

そして、獅子に命じた。

「だめだよ、ミャオ。いくらロンユーの匂いがするからって。その子はロンユーじゃないから、遊んでくれないよ？」

「……あ、遊んで？」

「そうなんだよ。この子は、ロンユーが大好きなんだ。たまに、天門のあたりで遊んでもらうのがお気に入りなんだ」

ああ、どうりで、猫のときに、ロンユーが自分と遊ぶのがうまかったはずだ、なんて、どうでもいいことを考えたカナメだった。カナメの上からミャオちゃんこと、獅子がどいた。呼吸が楽になった。

「こ、殺されるかと思った……」

「うちのミャオちゃんは、そんな野蛮じゃないよ。ロンユーの匂いをさせている客人に傷をつけるわけがないじゃないか」

「じゃあ、もし、ぼくがロンユーの匂いをさせていなかったら？」

「え……」

チェンスーの目が泳いだ。

「それはまあ、まあねえ。獅子の本能だからねえ」

危ない。思ったよりも、ずっと危なかった。

「それにしても、どうしたの。遊びに来てくれたわけじゃないよね」

そうだった。今はとにかく、最優先はロンユーだ。

「それが、チェンスーさん、ロンユーがたいへんなんです。天帝の庭にいる一ツ目の番人とやり合って、目が見えなくて身体が痺《しび》れてて」

「えー、なんでそんなむちゃをしたの。……あ、『課題』か。そうなんだね」

「……はい」

「まったくもう、天帝もお茶目なんだから」

お茶目とか、そういう問題だろうか。

「薬はあるんだけどー。でも、ただじゃあ、あげられないなあ」

チェンスーにそう言われて、カナメの顔がしかめられる。

「ぼくは、異界からここに来た人間です。自分の財産と呼べるものは何ひとつありません。できることは限られていますけれど、それでもいいなら、言ってください」

チェンスーは目を細めて、口角を上げた。小ずるい顔になる。

「あのね、簡単なことだよ。きみたちの子どもをぼくのお嫁さんにちょうだい。だいじにするから」

カナメは力が抜けそうになった。

——なんだ、そんなことか。

そう思った。

だいたいが、自分たちは男同士だ。どんなに愛し合ったとしても、子どもができるわけがない。

『いいですよ。それで、ロンユーが助かるなら』

そう言いかけたカナメだったが、なにかがカナメを押しとどめた。

待て待て、ここは、百葉界。そして、天帝のお膝元の須弥山。自分の常識で物事をはかっていいはずがない。

だが、返事をためらっている間にも、ロンユーが獣に襲われたら？　体調が急変したら？

カナメは、自分にできる精一杯の返事をした。

「その子が、いいって言ったら、いいでしょう」

カナメは付け足す。

「それに、チェンスーさんは、元からその薬をくれるつもりでしたよね？」

チェンスーは面白そうな顔をした。

「なんで、そう思う？」

「チェンスーさんが、ロンユーのお友達だからです。ロンユーは、あなたを信じてぼくをお使いに出しました。ということは、必ず、あなたは薬をくれると信じていたからに他ならないと思うんです」

チェンスーは頭を掻いた。

「参った、参った。人の子は、案外したたかだな」

チェンスーは、そそくさと薬の用意をすると、ミャオちゃんを呼んだ。三ツ頭の獅子の背にカナメと二人で乗る。獅子は走り出し、瞬《まばた》きの間にロンユーのところについた。

チェンスーは、ロンユーに歩み寄る。

「チェンスー参上だよ。ロンユー真君ともあろうものが、どうしたの」

「つい、楽しくて、遊んでしまった。しくじった」

「ほんとだよ」

ロンユーは口に当てられた瓶から中身を一気に飲んだ。

「ああ、見える。手も動くな。カナメ……。ご苦労だった。ミヤオも来てくれたのか」

獅子は、それこそ猫のようにロンユーに甘える。

「よーしよし」

ロンユーが一つの頭のたてがみをすいてやると、ほかの頭も顔を突き出してくる。

う。でも、一番可愛いのは、ぼくですよね。猫のカナメですよねと、複雑な嫉妬《しっと》心に駆られるカナメだった。

「そうだ。カナメ、この花をおまえに」

かたわらの籠から、ロンユーは一輪の花を取り出した。膝を立て、それを、カナメに差し出す。

「これが、天人花だ」

森の中に、明かりが灯《とも》ったようだった。大輪のダリアほどの大きさがあり、その花びらひとつひとつが煌《きら》めいている。

カナメは花を受け取った。

「ロンユー、きれいだね……。シャンデリアみたい」

それは、カナメの手の中で、溶けていった。

「あ……？」

「間に合って、よかった」

ロンユーがそう言った。

そうか。再会したとき、まっさきにこれを渡そうとしたのは、溶けてしまうからだったんだ。どこに行っていたのか。さきほどの兎がぴょこっと出てきた。

「無事に課題を成し遂げたよ。そう、天帝に報告してきてね」

チェンスーがそう言うと、兎はうなずいたように見えた。跳ねて消える。

「兎でも天帝でも、見ているんだったら、助けてくれればいいのに」

カナメが文句を言うと、ロンユーは首を振る。

「課題を出す側が手助けしたら、俺は失格になってしまうからな。手出し無用と俺が言ったんだ」

「二度とこんなに危ないことしちゃ、だめだよ。ロンユーは、自分のことをないがしろにしすぎ」

ほんとに、ハイファさんの言うとおりだよ。

「なかなか、おもしろかったぞ。またの機会があったらよいのだが」

なんだか、ロンユー、生き生きしてるよね。きっと元々、こういう人なんだな。

「だめ。そのときには止めるからね。ねえ、ぼく、これでそばに、いてもいいんだね？　ずっと、いっしょだね？」

「そうだ。俺のかたわらにいてくれ。頼む。人には長すぎる寿命だが、ともに生きてくれ」

こくんとカナメはうなずく。ロンユーに抱きつこうとして、気がつく。

「ロンユーがぼくにあきちゃったら、どうしよう」

お互いが長い寿命を持っているのだ。とんでもなくつらいことになりはしないだろうか。

そんな愁《うれ》いを、ロンユーは一蹴《いっしゅう》した。

「カナメ。おまえは猫のときから、一瞬たりとも俺を退屈させたことはないぞ。おまえが来てより、楽しいばかりだ」

うう。そういうことを、本心から言ってくれるんだから。

カナメは今度こそ、遠慮なくロンユーに抱きつく。

こほんと、チェンスーが咳《せき》をした。

「おお、チェンスー。まだいたのか」

「『まだいたのか』じゃないでしょ。カナメと約束したからね。きみたちの子どもは、ぼくの許嫁《いいなずけ》だから」

「そうなのか、カナメ？」

ロンユーが驚いている。ということは、きっと、そういう可能性がゼロじゃないってことだよね。よかった、イージーに約束しないで。

「本人がいいって言ったら、ですよ」

カナメはチェンスーに念を押した。

天門から翠雨苑に帰ると、主《あるじ》の帰還を感じた池の水はいきなり澄み始めた。

そして、カナメとロンユーは、みなから溢《あふ》れんばかりの祝福を受けた。

ホンイエンは、珍しく頬が赤くなっていた。よほど、嬉しかったらしい。

「おめでとうございます。ああ、今日は素晴らしい日です。カナメ様が人であると知ったときから、ずっとここにいてくださったらと、それを夢見ておりました。ああ、めでたい。末の世までも、ロンユー真君よ、わが青龍の誉《ほま》れたれ」

ものすごく早口でしゃべって、しまいには涙ぐんでいるので、カナメのほうがびっくりした。ホンイエンはいつも落ちついているのに、こんなに興奮するとは思わなかった。

「ロンユー真君が正妃を娶《めと》られるとは、なんとめでたい」

ナガライはしみじみと噛みしめているような顔をしていた。

――ちょっと、いや、かなり、これは、嬉しいものだな。

自分の人生で、人からこんなに祝福されることがあるなんて、思ってもみなかった。

それから数日、青龍国は、見事な晴天が続くことになった。

ホンイエンが、苦い顔をして、言う。

「たまには雨を降らさないといけないのに、ついつい、晴天にしてしまう。お気持ちはわか

ります が、植物の生長が心配です」

カナメは、考える。これは、自分の責任だな。そうだよな。

なので、朝食の席で、カナメはこう言ってみた。

「なんか、今日はロンユーとしっぽりしたい気分だなあ。雨の中で」

これは、おそらくは「おねだり」だ。だが、こういうのに慣れていないので、カナメの視線は明後日《あさって》の方向を向いてしまった。ロンユーは、楽しそうに言った。

「珍しいこともあるものだな。おまえがそのように、願いを口にするとは」

「……たまには、ね」

「おおかた、ホンイエンあたりになにか言われたか」

ロンユーはすべてお見通しというわけだ。

「そういうわけじゃないけど。雨も、いいかなって」

「ああ、そうだな。すまない。カナメが我が正妃になってくれるかと思うと、ついつい、嬉しくて、心が弾んでな。俺も、まだまだだな。仙王としては、修行が足りないということだ」

ロンユーがそう言ったので、カナメは顔を赤くして、付け足した。

「でも、そういうところ、ぼくは、すごくいいと思う。ロンユーらしくて」

「そうか?」

「うん」

「だが、雨が足りないのは、困るな。カナメ、午後から、俺の竜弦の稽古に付き合え。竜弦は雨だとよく鳴くそうだ」

部屋で、ロンユーが竜弦をつま弾くのを聴いている。なんて、贅沢な時間なのだろう。

「ロンユー、歌って」

繻子《しゅす》のクッションによりかかりながら、カナメはロンユーにねだる。自分はだいぶん「おねだり」が上手になってきた気がする。

「歌は……──下手だぞ」

少し照れながら、未来のだんな様はそう言った。

「そんなことないよ。ぼく、ロンユーの歌、大好き」

「そうか？」

「うん。このまえ、歌を捧げてくれたとき、とっても、うれしかった。すてきだったよ」

「そうか」

ならば、と、ロンユーは歌い出した。このまえのように、自分で作った歌ではなく、おそらくは、古い恋歌。低く流れるロンユーの声。竜弦の響き。

ほんとだ。

竜弦は、雨の日だとよく鳴くね。

「もうすぐ……だね」

カナメは言った。

「ぼく、その、閨《ねや》ごとっていうのか、そういうのに関して、なんにも知らないから」

カナメは、「そういうの」に、どちらかというと忌避感を持っていた。誰かに自慢したり、征服欲を満たしたりする手段だと思っていたから。

誰もカナメに、深く愛を届ける方法としての交わりを教えてはくれなかった。

「ロンユーが、たくさん、教えてね」

一瞬、竜弦の演奏が途切れた。ロンユーが目を丸くしている。それでも曲を奏し終わると、竜弦をかたわらに置いた。彼は言った。

「仙王となってよりこちら、こんなふうに、我慢を強《し》いられるときがくるとはな。人の行く末とは、わからないものよ」

彼は、カナメに優しく口づけてくる。

「婚礼のあとが楽しみだ」

そう言って、ロンユーは微笑んだ。

もしかして、自分は、なかなかに大胆なことを言ったのだろうか。それに、ロンユーが反応したのだろうか。

——わー、わー！

恋人たちとはこのように、肌を合わせる前から愛を交わしているものなんだと、頬に血を上らせながら、カナメは知るのだった。

「ぼくも、楽しみ」

カナメが小声で言うと、雨の隙間から日が射《さ》し込み始める。今ごろ、ホンイエンは苦笑いをしているだろう。カナメは気恥ずかしさを覚えたが、このように喜ばせることができる自分に、快哉《かいさい》を叫んでいたりもするのだった。

■10　婚礼の支度

婚礼の日取りが決まり、カナメの周辺はいきなり忙しくなった。

式次第の一切を取り仕切るのはホンイエンだ。招待客のリストが長くなるにつれ、カナメは正直、気が塞ぐ思いだった。

そんなカナメには頓着せず、ホンイエンはどんどんと進めていく。

「カナメ様。招待客は覚えられましたか」

「まだ、半分くらいしか」

「カナメ様はご存じなくても、私と担当の者はわかっておりますし、耳打ちしますから、一言、申し添えてさしあげてくださいませ。正妃様からのお言葉とあれば、末代までの自慢の種ともなりましょう」

「そんな、おおげさな」

ホンイエンはカナメの言葉を否定した。

「おおげさではありません。このまえ正妃が立ったのははるか昔です。みなが、どれだけカナメ様に思いを寄せているか、ご存じでない」

ふだんは冷静な、ホンイエンの目の色が違っている。そうなってしまっては、カナメは、「はい、すみません」と返事をして、ひたすらに従うしかないのだった。

三日三晩の潔斎ののち、まずは、白い神服をまとい、竜に騎乗し、須弥山で天帝より正妃の宣旨を受ける。それから、天門内で各国の仙王たちから言祝《ことほ》がれる。

次は着替えたのち、中庭にて、貴族とロンユーの縁者たちと国賓を招いた宴になる。

「予定では、半日ほどでしょう」

「半日?」

これでも、カナメがこちらの出身ではないので、少ないほうなのだという。

「それから、無礼講となり、宴が三日三晩続きます」

「三日三晩」

「もちろん、そのあいだには、ちょくちょくお休みになっていただきますが、仙王と正妃からお言葉を賜るのは名誉なので、できるだけ顔を出していただきたいですね。そののち、初夜となります」

　疲れ果てて、いたすどころではなくなっているのではないだろうか。

「その翌朝には、表門上から餅を撒《ま》きます」

「餅？　ぼくのところでは、家を建てるときにそういうことをする人が昔はいたらしいけど」

「撒きます。すでに、席とりが始まっているのですよ。武官からは、人員整理のために、人が駆り出されている状態です」

「ホンイエン様」

　そこへ、侍女がやってきた。

「正妃様の衣装の仮縫いができましたので、こちらへ」

「今、私は、大切なことを話している最中なのです」

「なにをおっしゃっているのですか。この青龍国は、工芸、美術、芸事の都です。その正妃様が寸法違いの服で人前に出ることなど、許されません」

　ああ、侍女もあんまり寝てないのかもしれない。目が血走っている。

　けれど、燃えている。

　別の部屋に移動して、仮縫いの衣装を身につけた。

　詰め襟ふうで裳裾は広く後ろに流れている。色は白。花の意匠を宝石で縫い付けている。

　――これ、ダイヤモンドじゃないよな。光り方がエグいんだけど。

いや、まさか。

縫い物担当の侍女が聞いてくる。

「どうされました？　なにか、ご心配なことでも？」

カナメはごまかす。

「あ、いや、思ったよりも軽いなって」

「そのことでございますか。そうなのですよ。仙術で、お衣装には軽みをつけております。そうしないと裳裾の線が美しく出ないもので」

「な、なるほど」

そういうことが可能なんですね。わかりました。

「こちらの花は、天人花を意匠しております。これからは、これが正妃様の紋となります」

「……はい」

「そしてこちらが、当日にかぶる冠です」

きらきらと、それはカナメの目を射る。

「ま、まぶしい」

左右に小さな鳥がいて、口には赤い実がついた枝をくわえている。その実も宝石で作られている。

夕食の席で、カナメは少々疲れた顔をしていたのだろう。ロンユーに心配されてしまった。

「大丈夫か、カナメ。疲れたか？」

ロンユーは、執務の合間に婚礼の支度をしているのだ。わがままは言えない。

「平気。婚礼までは、がんばらないと」

ロンユーが苦笑した。

「ホンイエンは、自分の代で大きな祝い事があるのが、嬉しくてたまらないのだろう。許してやってくれ。そして、俺のほうから、少々落ちつくように、言い含めておく」

「ごめんなさい」

だが、そうしてもらえると、とってもとっても、助かる。

「遠慮はするな。俺たちは、家族になるのだろう？」

カナメは、目をぱちくりさせた。

「家族」

ロンユーが心配そうに聞いてきた。

「そうではないのか？　俺は、そのつもりだったが」

「そうか。……そうだよね」

恋しい人の隣にずっといられる。そのことばかりを考えていた。だが、正妃になるということは、この人の正式な伴侶になるということ。それは、家族になるということだ。

「ロンユーが、ぼくの家族になってくれる……」

失ったと思っていたもの。二度と、手にすることがないと考えていたもの。ぽっかりあいたそこに、さんさんと輝く、太陽が現れた心地だった。

それは、カナメの歓びを、さらに一段高く押し上げたのだった。


ロンユーと家族になる。

そして、末永く、ともにいる。

カナメは、幸福の絶頂にいた。だから、自室で招待客リストを覚えている最中に、ふとつぶやいたのも、あまり意味はなく、単なる否定を目的とした確認に過ぎなかった。

「いいのかな。ぼく、お荷物じゃないかな」

そのときそばにいたのは、今日のカナメの当番である年若い侍女だった。彼女はカナメの独り言を聞きつけて、笑って答えてくれた。

「まあ、カナメ様。そのようなこと、あるはずがございません。ロンユー真君は、深く深くカナメ様を愛していらっしゃいます」

だよね。そうだよね。ああ、よかった。

「なにせロンユー真君は、自らのお命を縮めてもカナメ様を、おそばに置きたいと思われているのですから」

「そうか。そうなら……」

よかったと続けようとして、カナメの血はすうっと冷えていった。

待って。今、なんて言った？

命を縮めても？　そう言ったの？

カナメの様子に、侍女は自らの失言に気がついたようだった。見る間に顔色が白くなる。彼女は深く頭を下げた。

「申し訳ございません。口が滑りました。お忘れください」

「忘れられるわけがないでしょう。教えてください。それってどういうことなんですか。本当なんですか。どうして、今まで誰もそれを教えてくれなかったんですか」

「それは……——ロンユー真君がカナメ様を溺愛されているがゆえです。決して、カナメ様には話すなと。加えて、ホンイエン様も、みなの口を封じておりました。私としたことが、嬉しさに口が滑りました」

「じゃあ、ぼくがいると、ロンユーの命を縮めてしまうというのは、事実なんだね？」

侍女はためらっていたようだが、こうなったら、隠しきれないと思ったのだろう。カナメに説明してくれた。

「カナメ様は、ロンユー真君に仙気を分けてもらい、生きながらえております。仙気は生気であり、精気でもあります。カナメ様に分け続ければ、そのぶんロンユー真君の寿命は縮まることになります。短い時間であれば、さして問題にはならないでしょうが、正妃としてこの百葉界にとどまるとなると話は別です」

カナメはロンユーと同じ寿命を持つ。それはとりもなおさず、カナメがずっと、ロンユーの時間を削り続けるということ。

一番大切な人の命を、自分が縮めていく。

この美しい国そのものの寿命を、減らしていく。

——あれ？

気がつくと、侍女の姿はなかった。日が、だいぶ傾いている。いつの間に、そんなに時間がたっていたのだろう。

「えっと。えっと、なんだっけ」

カナメは、自分の足元に落ちていた招待客のリストを拾い上げる。文字を目で追うのだが、どうしても頭に入ってこない。

——なんだっけ。さっき、なにを聞いたんだっけ。

なにか、とても、重要なことを聞いた。それから、何が何だか、わからなくなった。

紙が震えている。読みにくい。

違う。震えているのは、カナメの指だった。そして、招待客の名前が滲《にじ》んだ。カナメの目から涙がこぼれたのだ。

「だめじゃん。にじんじゃう」

カナメは、リストの紙をいったん、卓の上に置いた。

「ああ、そうだ。思い出した。ぼくがいると、ロンユーの時間を縮めてしまうんだ。そう、言われたんだ」

ロンユー、ロンユー。

大好きな、太陽のような人。

子猫の自分を抱き上げて、汚れるのも構わずに抱きしめてくれた人。

竜の背に乗って飛んだあと、池に落ちてびしょ濡れになって、笑い合った人。

自分のために危険な場所に花を摘みに行き、捧げてくれた人。

そして、この国の礎《いしずえ》でもある人。

大好きなのに。

侍女が茶を置いてくれていっていた。

「……いつの間に？」

その茶を、カナメは飲み干す。ぬるかった。味はわからなかったが、気持ちは落ちついた。

「カナメ？」

ロンユーが、扉から入ってきた。

「ロンユー、まだ仕事じゃなかったの？」

「おまえの様子がおかしいと、侍女から聞いて心配になってな」

「優しいんだね。ロンユー」

本気でこちらを心配しているその様子が、そうして、自分を愛してくれている真心が、今は、こんなにもつらくてたまらない。

ただごとではないことを察したのだろう。ロンユーは人を払った。

「どうした？　カナメ」

両方の手を握って、こちらを覗き込んでくる。

「なにがあった？」

カナメは、ただただ、ロンユーを見つめていた。

おかしいな。さきほどまでと変わらない。

自分も。ロンユーも。

ロンユーは相変わらず、凛々《りり》しい。こちらを気遣わしげに見ている表情も元のままだ。

ぼくの、彼に対する信頼だって。

さっきまで、家族になるという言葉に、めちゃくちゃに、浮かれていたのに。

「………」

カナメは口をつぐむ。口にするべき言葉が、探せない。

なんで、こんなに胸が詰まるんだ。

ぼくは、真実を知ってしまった。ただ、それだけなのに。

一瞬、言うのをやめようかと思った。知らないふりをすれば、元通りだ。ずっと、この人の側にいられる。

ホンイエンの計画に従って、結婚の式次第は進むだろう。

だけど、それは、できない。ぼくが、伊波《いなみ》カナメだから。「強く美しい心を持っている」と、あなたが言ってくれたカナメだから。

「ロンユー、ごめんね。ぼくは、ロンユーの正妃にはなれないよ」

ロンユーは、怒りはしなかった。嘆きもしなかった。

すうっと、表情が消え、「なぜ?」と短く聞き返してきた。

「ぼくが、あなたの在位期間を短くしてしまうから」

ロンユーは戸惑ったようだった。だが「そのことか」とつぶやいた。

「だれから、聞いたのだ」

そっか。違っていたらいいなって思ったんだけど、じゃあ、やっぱり、ほんとうなんだね。

「そんなのは、どうでもいいことだよ」

ロンユーは言い訳する。

「許せ。おまえに、よけいな心配をかけたくなかったのだ。だがな、天帝よりいただいた寿命は、元より人の子には長すぎる。生に飽いて失する王のほうが多いのだ。だから、言う必要はなかろうと思った。だましたようで、悪かった」

ロンユーはわかっていたよね。そのことをぼくが知ったら、こうなることを。

ロンユーが好きだ。

尊敬している。信じられる。

自分より、他人を優先してしまい、苦しむような、不器用で純粋な人。

大好きだ。

それに、ロンユーも自分のことを愛してくれている。それに、疑いを挟んだことはない。

「カナメ。正妃に今すぐなれないとしても、この世界にいてくれぬか。おまえに、近くにいてほしいのだ」

「………」

カナメは、しばらく黙っていたが、首を振った。

みんなのロンユー。この国そのもの。

ロンユーといるのは、楽しいだろう。ロンユーは変わらず、優しく自分を愛《いつく》しんでくれるだろう。

そうされればされるほど、好きな人に負担をかけている自分が許せなくなる。そういう自分を知っている。

――せめて、この同じ国で、あなたの幸福を祈ることができるのなら、よかったのに。

だが、自分はこの世界にいる限り、ロンユーの仙気を必要とする。ほかの者の仙気なんて、考えたくもない。

そう。自分には、同じ世界の空気を吸うことさえ、許されていないのだ。

頭がごちゃごちゃしている。考えがまとまらない。ここの空気はこんなに薄かっただろうか。

「ここに、来なければよかった」

そう、口にしてしまった。

ここに来なければ、こんなに悩んだり、しなかったのに。

ロンユーは悲しそうな顔をした。

「俺は……おまえを、失いたくない。おまえの幸せは、ここにはないのか？」

「帰りたいんだ」

なんとかの一つ覚えみたいに、カナメはひたすら繰り返す。

ここから立ち去りたい。もう、帰れないところまで、連れて行ってほしい。

「お願いだよ。帰して」

「この青龍の行く末よりも、おまえといることはだいじなのだ」

嬉しい。その言葉に、浮かれてしまう。そんな、自分勝手な自分は、なんて醜いのだろう。

そして、公明正大なロンユーにそう言わせてしまう己は、なんと罪深いのだろう。

「そんなことを、言わないでよ。ロンユーは普通の人じゃないんだ。仙王なんだから」

言ってしまってから、カナメは己に驚いた。

ロンユーは、苦しそうな顔をしていた。

「おまえに、それを言われるとはな」

そうだよね。未来の家族である自分に、「仙王としての務めのほうが大事」だなんて、言われたのだ。たまらないよね。

だけど、ここにいたら、身体がちぎれちゃいそうなんだ。どうにかなっちゃいそうなんだ。

ロンユーの顔が歪んだ。

「カナメが、そう言うのなら、そうしよう。『いつもおまえの幸せを一番とする』と約束したゆえな」

それが、ロンユーの返事だった。

■11　ロンユーを描く

青龍国は、そこまで広い国ではない。

婚礼撤回の話は、たちまちのうちに、国じゅうに広められた。

表門前に陣取った人々は帰っていったし、招待客に招待状が届くこともなかった。婚礼の衣装は仮縫いのまま留め置かれ、毎日、どうしようもなく、雨が降った。

とりもなおさず、それは、ロンユー真君の心のありようなのであった。

ホンイエンに言われた。「この雨を見ても、お心は変わりませんか」と。

そう言われても、どうしようもない。自分の心もまた、雨模様であった。あの、輝く日の晴天のように、なんの痛みも苦労もなく、ただひたすら、ロンユーとの結婚を祝福され、ともにいる未来を思い描いていた自分には、もう戻れないのだ。

「うん……。ごめんね」

なんだか、ひどく頭が痛む。

ロンユーは、カナメが帰るための橋を架けているところだった。それが終われば、カナメはここから退出する。

カナメはロンユーの絵を描こうとした。

だが、なんということだろうか。

どうにも、筆が定まらないのだった。

何枚描いても、納得がいかない。

この、陰鬱《いんうつ》な顔がロンユーか？

否、違う。

では、太陽のごとき笑顔を描けばいいのか？

否、それだけではない。

それとも慈愛に満ちた、井戸の底まで猫の自分を助けに来てくれたあれが、ロンユー真君の顔なのか。

否。

そして、すべてが是。

ほかのものを描くときには、心は静かだったのに、ロンユーを描くときには、カナメの心が騒ぎすぎて、うまくまとまらない。

あれからロンユーとは、ほとんど会話を交わしていない。

なんで？

なんで、なんで？

どうしてこんな袋小路に入っちゃったんだろう。

――カナメが、そう言うのなら、そうしよう。『いつもおまえの幸せを一番とする』と約束したゆえな。

ロンユー、幸せなんかじゃないよ！

カナメは叫びたかった。

そんなんじゃない。ぼくにはどうしたらいいのかわからないだけだよ。

■12　別れの日

カナメがもといた世界に帰る日にもまだ、雨が降っていた。

夜。

薄ぼんやりと輝く橋が、虹のように空にかかっていた。片端は翠雨苑にあり、もう片端は、幽境の上、カナメのいた世界へと繋がっているという。

カナメはこちらに来たときに着ていた詰め襟の制服を着ていた。

見送りのロンユーが言った。

「カナメ。おまえが去ると、翠雨苑は寂しくなるな」

「みんなと仲良くね。いつでも、ロンユーの幸せを祈っているよ」

苦いものを噛みしめているような表情を、ロンユーは浮かべた。苦笑に近い彼のその顔から、カナメは彼の内面を読み取ってしまいそうになる。

『――……だが?』

わかってしまっては、去ることができなくなる。心残りになってしまう。

だから、カナメは知らないふりをした。

「さよなら、ロンユー」

「さらばだ、カナメ。俺の子猫よ」

ねえ、ロンユー。そんな顔、させるために、ぼくは、ここに来たのかな。そのために、天帝に導かれたのかな。だったら、やっぱり、天帝って気まぐれでいやなピカピカ野郎だ。

「ナガライ、カナメを必ず元の世界まで送り届けてくれ」

「はい」

カナメのかたわらには、ナガライがついている。

橋に乗れば、自動的に進んだ。新幹線よりも、飛行機よりも、すごい速度と高度だ。そのはずなのに、これもまた、仙気とやらのおかげなのだろうか。風圧は一切感じなかった。

「ねえ、ナガライさん」

なんでだろう。どうして、こんなに気持ちが定まらないのだろう。

「これで、よかったんでしょうか」

確認したくて、ナガライに話しかけてみる。

「カナメ様がお決めになり、ロンユー真君が許したことです」

「そう、ですよね。これで、いいんですよね」

いいんだ。間違っていない。これでいいんだ。

なのに、なんでこんなにもやつくのだろう。

親戚の子どもの中には、女の子もいて、失恋したとわーわー泣いていたのに一週間あとには、もう、次の好きな相手を見つけていた。そんなものだ。

だから、きっと、ロンユーだって、すぐに、忘れる。

そして、ぼくだって、忘れられる。

でも、どうしてだか、すっきりしない。

もうだいぶ、来たような気がする。高くあるような気がする。夜だし、雨で、よく見えない。

ちゃんと景色を見たかったのにな。

さよなら、百葉の国。

どうか、幾久しく、ロンユー仙王陛下のもと、栄えますように。

ふしぎだ。

自分が、この国の人たちの末までもの幸福を願うなんて。

でも、この国は、ロンユーだから。ロンユーそのものだから。

「これで、いいんだよね」

何回目かの確認をする。

「うん、いいんだ」

そうだ。帰ってからのことを考えよう。

まずは、親戚に謝ろう。夏期講習の申し込みをして、受験する大学を決めて。勉強の遅れを取り戻さないとな。それから。

——ロンユー、今日からは、誰と食事をするんだろう。チェンスーさんが来てくれるといいんだけど。なんだか、忙しいようなことを言っていたよね。一人で、食べるのかな。

まだ、離れていない。身体は別れつつあるのに、心はあなたとともにある。

カナメは頭を振る。

——だめだってば！　もう、ロンユーとは他人なんだから。

そのときに、カナメの耳に「ある音」が響いてきた。

「え？」

これって、竜弦……？


翠雨苑。

カナメを見送ったロンユーは、長く橋の向こうを見つめていた。

カナメは、強い意志を持っている。

その稀少な宝石のごとき美しい強さで、今までを生きてきたのだ。彼の気持ちを翻《ひるがえ》すことは難しい。

その美しい硬さを、ロンユーは愛したのだ。

「これでよいのだな……？」

百年余り生きて、初めて出会った恋だ。

カナメのような者は、二人とおらぬ。二度と起きぬ、奇跡のような稀月の日々であった。

「ロンユー様。お部屋にお戻りくださいませ」

ホンイエンにうながされて、翠雨苑の自室に帰る。
ロンユーは、どこにもカナメがいないことを実感した。
ロンユーはつぶやく。
「このように、静かであったか……?」
――ロンユー、お帰り！
己の足音を知って駆けてくる、愛しい者。
それが、いない。
一度カナメを知ってしまったロンユーは、すでに元のロンユーではなかった。
静寂は、ロンユーにのしかかってくるようだった。
ロンユーは、竜弦を手に取った。
つま弾き、歌う。

きみへの想いをいかにして伝えようか
やがて　この睡蓮池に夜が来る

竜弦は雨の日にはよく鳴く。ならば、永遠の夜を迎える自分の思いも、カナメに届けてはくれまいか。

カナメなしには、決して明けぬ夜が来てしまう愁いを、知ってはもらえぬか。

橋の上で、カナメは竜弦の音を聞いた。

振り向くカナメを、ナガライがいぶかしげに見つめる。

「どうされました？　カナメ様」

「今、竜弦の音が……――」

それに乗って、ロンユーの歌声がした気がする。ナガライが苦笑する。

「竜弦は雨のほうがよく響き、万里を走ると言われておりますが、真君の竜弦は、翠雨苑にございます。さすがにここまでは」

そうだよね。そうなんだけど。

でも、聞こえるのだ。

チューニングが合うみたいに、どんどん明瞭《めいりょう》になってくる。

どうしよう。なんだか、胸のうちがざわついてくる。自分の中にある水が、共鳴して波が立っている。

とうとうカナメは雲の上まで来た。カナメたちを運んでいた橋の動きが止まった。

ここまで来たら、もう、雨はない。

竜弦は響いてこない。歌も聞こえない。

だが、自分の中の水が、さきほどの歌で揺れている。ロンユーを恋しがっている。

頭上に大きな月があった。自分を招き、そして今は、自分を帰そうという、稀月。

その月を切り取ったかのように、前方に、丸い光が見えた。白兎《はくと》神社が切り出されたように見えていた。

「カナメ様。ここからは、歩きになります」

「はい」

ああ、この匂い。

夜の湿った常緑樹に町の出す雑多な匂いが混じっている。

自分の元いた世界の匂いだ。

その匂いをかいだカナメの胸が、きゅうっと痛んだ。

――もう、ロンユーに会うことはないんだな。

そういえば、ロンユーを描いた紙束は、置いてきてしまった。どうにも、うまく描けなかったから。

それでも、思い出せるように持ってくればよかったかな。

――いやいや。

カナメは首を振る。忘れるって決めたじゃん。ここは、夢だったんだ。幻の場所だったんだと思うようにしようと。

だけど、だけど。

なんで、こんなに全身があなたのところに帰りたいと訴えるのだろう。

「ロンユー……！」

カナメは震えながら小さく、しかし、強く、彼《か》の仙王の名を口にした。


翠雨苑。ロンユーは歌い終わり、竜弦を置いた。

音がなくなると、いきなりまた、部屋は空虚なものとなり、ロンユーの気を塞がせた。

このままでは、この雨をやませるなど、できないだろう。ロンユーは、カナメの部屋に行く。なにか、彼を思いだし、慰めになるものがありはしないかと思ったのだ。

卓の上に、カナメの『すけっちぶっく』と、そして紙の束があった。ロンユーは紙束を手に取る。

めくると、驚きに息が止まった。

立ち上がってきたのは、自分だった。

笑い、歌う。そして、陰鬱そのものの表情。どれもが、なんとも、鏡に映したように、いや、それ以上に、生き生きと目の前に展開されてくる。

そこには、紛《まが》う方なき、カナメの自分への想いがこもっていた。

——おまえは、かように俺を慕ってくれていたのだな。

カナメといた日々は、あまりにも楽しく、あまりにも愛しく、あまりにも深く心に入り込みすぎていた。なくしてしまえば、うつろなウロとなり、えぐられてしまいそうなほどに。

そのウロに、カナメの震える声が一滴、したたりおちた。

——ロンユー……！

「カナメ？」

その声は、幻だったのかもしれぬ。

だが、どうして、追わずにいられるだろう。

今一度、顔を見て、ふれたい。

その手を取り、連れ帰りたい。

ロンユーは庭へ下りた。竜が雨の中、ロンユーの求めに応じて立ち騒ぐ。

「ロンユー様？」

「どちらへ行かれます？」

警備の武官たちが追ってくるのを振り返りもせず、ロンユーは竜に乗った。

竜は高く舞い上がる。

すでにカナメは異界との境近くに達しているはずだ。異界に行かれてしまっては、追うことがかなわない。

なんとしても、間に合ってくれ。

雲上に出ると、カナメの気配を感じた。よかった。まだ、こちらにいる。

「カナメ……！」

――速く。もっと速く。

竜は、ロンユーの気持ちを感じ取り、矢のような速度で、進んでいった。そして、ついにロンユーはカナメの姿を認めた。

かたわらにはナガライもいる。


橋の上。異界への境近く。

カナメの足が止まった。

「……カナメ様？」

「ロンユーの声がした」

「真君は翠雨苑においでです」

「でも、したんです」

自分とロンユーは、他人なんかじゃない。もう、そうは、なれない。こんなに、深くが、響き合い、求め合っているのに、他人になれるわけがない。

恋なんてすぐに忘れると世間では言われているとか、親戚の子が泣いても立ち直っているとか。そんなのは、関係ない。

これは、ぼくとロンユーの問題なんだ。

二人にしかわからないから、二人で考え、二人で乗り越えないといけないんだ。

百葉の　百葉の　睡蓮の葉の
千歳に巡る　仙の王

足が震えている。呼吸が浅い。

ロンユーは、自分の中にすでに深く染みこんでいる。自分の中のロンユーが、カナメを呼んでいる。

ぼくも、あなたを呼ばずにはいられない。

懐《ふところ》に抱えられた温かさ。

二人して池に落ちたときに、抱き寄せられた腕。

風呂で洗われたときの、官能に満ちた抱擁。

生きるってああいうことだ。

愛するあなたが、上機嫌でいることだ。

目の前にいなくとも、なにをしているだろうと思いを馳《は》せることだ。

そして抱き合い、また会えて嬉しいと微笑み交わすことだ。

震えるほどの衝撃だった。

別れの際、聞こえないふりをした、ロンユーの返答。

『幸せ？　おまえなしでは、あり得ぬのだが？』

彼は、そう言っていた。

——認めるの、恐かったんだ。

ぼくなんて、十八歳の、今まで自分の身の上だけ心配していた未熟な子どもで。ロンユーが、ぼくがいなかったら、幸せになれないなんて、納得したくない。

この責任を、だれかに、預けてしまいたい。

だけど、そんなことはできないんだ。

ロンユーが笑っているためには、ぼくが必要なんだ。

どうしても、必要なんだ。

たとえ、ぼくが、彼の命を喰らってしまうのだとしても。

「ああ……」

カナメはうめいた。ナガライが声をかけてきた。

「カナメ様？」

「むり」

やけに掠《かす》れた声が出た。

ナガライがうろたえている。

「むり、とは？」

「元の世界に帰るの、むりです。翠雨苑に戻ります」

今一度向きを変え、橋を戻ろうとしたカナメの腕を、ナガライが摑《つか》んできた。

「カナメ様、困ります」

彼に、そのようなことをされるとは思わなかったカナメは驚く。

「ナガライさん？」

「あなたがいて、ロンユー真君の命が縮まると、青龍国のみなが、困るのです」

そうだけど。そうなんだけど。

「ごめんなさい。だけど、戻ります。ロンユーにはぼくがいないと」

「私とて一度は覚悟したはずでした。けれど、カナメ様が帰られると聞いたときに、安堵したのも事実。今さら、翻すなど、あり得ません」

そのとき、カナメはナガライが手に抜き身の刀を持っているのに気がついた。

「え……？」

ナガライはぐっと、唇を噛みしめていた。

「カナメ様。お願いします。足をお運びください。あと、数歩でございます。失王の時期を早めることは、青龍の民として看過できないのです」

その目が真剣だった。ナガライが、カナメを摑もうとする。力ではかなうまい。カナメは彼をよけようとした。

足元が滑った。

よろけたカナメは、刃が鈍く光るのを見た。ナガライの刀はカナメの胸を貫通した。

「カナメ様！　お許しください！」

痛みが突き上げてくる。口から血が流れてきた。

カナメは、よろめいた。

橋の上から、落ちていく。

——ああ、雲の下まで行ったら、雨に打たれることができるだろうか。ロンユーが降らせた雨に。

せめて、それを感じることができるなら、どんなにか幸せだろう。それまで、自分の意識がもつだろうか。

ロンユー。もう一度、会いたかった。顔を見たかった。

ううん、なんだか、すぐそばにいる気がする。

「カナメ！」

見ると、ロンユーがいた。

――嘘。

ロンユーは、竜に乗っている。すぐ近く、ふれられそうなところまで来ている。

――いるの？　そこに、いるの？

幻でもいい。

あなたに会いたかった。

――帰ってきたよ。

そう言ったつもりだったが、もう、カナメの声は出ない。

ロンユーに手を差し伸べた。

ロンユーの身体が傾き、カナメのその手を摑もうとした。しかし、指はとどかなかった。

――せっかく、会えたのに。また、会えたの……に……。

カナメは雲を突き抜け、幽境へと落ちていった。

落ちていくカナメの近くに、ロンユーは竜を寄せた。

――なぜ。どうして。

カナメが、こちらを見た。その顔に死相を見て、ロンユーはぞっとした。

――帰ってきたよ。

たしかに、おまえの唇はそう動いた。

手を伸ばした。

おまえをこの手にすることができれば。仙気を流すことさえできれば。

助けてやれる。

だが、彼の手を摑むことは、できなかった。ああ、彼の身体が雲の間に落ちていく。幽境に、海の果ての場所、仙気が届かない場所に。

「カナメを助けに行かねば！」

ロンユーは竜を叱咤《しった》した。だが、竜は仙境の生き物である。幽境に近寄ることをよしとせず、かなわなかった。

――俺は仙王ではないか。

ロンユーは、そう考えていた。

――天候すら、思いのままではないか。

だが、ただ一人の愛する人を助けることが、できなかった。

ふっと、心に一筋の魔が差した。

このまま、ここから身を投げれば、苦しみから逃れることができる。仙王の力は幽境まで

は、及ばない。すなわち、不老不死から逃れることが可能だ。せめて、カナメの近くにこの身を置くことができるなら。

——そんなことをしちゃ、だめだよ！

カナメの声がした気がした。ロンユーの口元がわずかにほころんだ。

「いなくなっても、俺を縛るのか。おまえは」

ロンユー真君は、失意のままに、翠雨苑に帰ることにした。


篠突《しのつ》く雨はやまぬ。

そのなか、ロンユー真君は翠雨苑で、帰苑したナガライに子細を聞いた。

やはり、カナメはロンユーのもとに帰ろうとしていた。最後の最後に、気持ちを変えてくれたのだ。

ああ、あのとき、間に合えば。間に合いさえすれば。

何度、後悔しても足りぬ。

それにしても、ロンユー仙王の御世《みよ》長かれと願うナガライの忠誠が、そのような結果を生むとは。彼にカナメを任せた自分の手落ちだ。ロンユーが前線に出なくなって久しい。人を見る目も、鈍ったか。

ロンユーは、ナガライに命じた。

「自決は許さぬ。おまえを、幽境近くの離島に送る」

幽境近くの離島に流される。それは、たいへんな不名誉である。だが、正妃を殺《あや》めた罪は重い。死罪にならないだけ、マシというものだろう。

ロンユーは、疲れたように付け足した。

「今の私には、おまえを憎まずにいることが難しいのだ。おまえを見れば、私の仙気がおまえに害をなすだろう」

「謹んで、お受けいたします」

ナガライは平伏した。


雨はやまない。

ロンユー真君の心情を慮《おもんぱか》って、謁見も陳情も中止され、会議は家臣だけで行われていた。

ロンユー自身は、自室から庭を見るばかりである。

ロンユーは、思い出し続けている。

いきなり、己の人生にカナメが落ちてきた日を。

いなくなった子猫のカナメを探して翠雨苑を駆け回ったときを。

そののち、井戸の底で鳴いていたカナメをこの手に抱きしめた喜びを。

カナメが人間であったと知ったときの淡い思慕の始まりを。

ともに生きると誓ってくれたときの敬虔《けいけん》な感謝を。

そして。

幽境の雲の上、ふれあえず落ちていった指先を。

彼が、口元を血に染めながら言った言葉。

――帰ってきたよ。

あのとき、間に合いさえすれば。

あと少し、身を乗り出せれば。

摑めたかもしれない手。

「ああ、俺は」

間違っていたのだろうか。カナメが、すべてを考慮した上で帰りたいというのであれば、それを認めねばと思ったのだ。だから、帰れるようにした。

それは、もしかして、間違いであったのだろうか。カナメのことを閉じ込めてでも、離すべきではなかったのではないだろうか。

彼に憎まれても。あの手を失うよりは、よかった。

ロンユーの心の中では、暗い堂々巡りが続いていた。そこから抜ける道はない。ただ、ぐるぐると回るだけなのであった。

「ふ……」

めまいがした。

ロンユーは、保ち続けていた気力が自分から抜けていくのを感じた。

本来、仙王は病《やまい》を得ない。そういう体質である。

仙王が死ぬのは、毒でも病でもない。絶望によってである。生きる楽しみを失ったとき、仙王は衰えるのである。

ロンユー真君は床についた。

翠雨苑の睡蓮池が濁り、花が枯れ始めた。

失王の予感に、人々は怯《おび》えた。

雨は、まだやまない。

■13　カナメのそのあと

ふっと、カナメは目を覚ました。身体が揺れている。きしむ音が聞こえる。

なんだろ、これ。どうしたんだろう。

カナメは身を起こそうとした。胸に痛みが走る。

「動くんだったら、ゆっくりね。ようやく、傷が塞がったところなんだから」

ぼんやりとした明かりの中で、チェンスーがこちらを覗き込んでいた。

「チェンスー……さん？」

チェンスーが、そのまま寝ているようにと手真似をする。つんとした薬草の匂いが漂っていた。

カナメは、目をぱちくりさせた。いったい、ここはどこで、自分は、なんでこんなことになっているのか。

「ここは、玄武の使う外洋船の中だよ。幽境近くなんだけど、ここでしか捕れない深海魚の肝が、じつにいい薬になるんでねえ。たまに、船を出してもらうんだ。そしたら、きみが落ちてきたんだよ」

カナメは思い出していた。

そうだ、ぼくは、元の世界に帰るところだったんだ。だけど、ぎりぎりのところで、やっぱり、ロンユーがよくて。また会いたくて。それで、そう言ったら、ナガライさんが刀を抜いたんだ。

「きみはねえ、三日三晩、寝込んでいたんだよ。うわごとで帰ろうとして刺されたって言っていた。かなり深くて、助かるかどうか、私でさえわからなかった。私じゃなかったら、死んでいたと思うよ。尊敬しても、いいんだよ？」

チェンスーは悪人ではないのはわかるのだが、こういうところが苦手だったりする。

「あなたご自身は特に尊敬はしませんが、素晴らしい技術をお持ちなことは尊敬に値します」

「あのねえ、ぼくは、きみの命の恩人よ?」

「ありがとうございます」

カナメは素直に頭を下げた。

「そうよ。それでいいの」

あのときのロンユーの目。伸ばされた手。

彼は、どんなにか自分のことを心配しているだろう。

「すみません。ぼくは、一刻も早く、翠雨苑に戻りたいんですが」

そう言ったら、チェンスーはなんだか複雑そうな顔をした。食事を届けてくれた玄武国の船員らしき男が、「話してないんですかい?」とチェンスーに言っている。なんだ、どうしたのだ。何やら、よくない予感しかしないのだが。

「ねえ、動けそう?」

そう、チェンスーが聞いてきた。

「はい、なんとか」

「だったら、甲板《かんぱん》に出よう。説明するから」

そこまで大きくはないが、船足の速そうなその船の甲板にカナメは出た。幽境近いというこの海は、紫に沈んでいた。

「今、何時なんですか?」

カナメはチェンスーに訊ねる。

「今は、ちょうど、正午あたりだね」

「おかしくないですか?」

カナメは、陸地のほうを指さした。

「あちらが、人境ですよね。雨が降っているにしてもやけに暗くないですか?」

暗い、というよりも。むしろ、くすんでいるといったほうがいいかもしれない。

なんだろう、背中がぞくぞくする。

かたわらに来たチェンスーが、「そうだね」と言った。

「美しい国だったのにね。ロンユーみたいに。ああ、ほんとうに素晴らしい国だった。楽しかったよ。久々にね」

なぜ、過去形なのだろう? そのときに、カナメは気がついた。チェンスーは、ひどく疲れた顔をしていた。この人、いや、狐ももしかして、ロンユーと同類で、見た目よりもっとずっと年がいっているのかもしれない。

「また、失王だ。百年もたっていないのにさ」

失王。仙王が失する。

失王とは、仙王が力つきること。すなわち……——ロンユーの死。

嘘。嘘だろ。

「でも、ロンユーは仙王だから。青龍国では、死なないって言っていました」

「うん、そうだね。病にも毒にも傷にも仙王は屈しない。ただ、心を傷つけられると、弱いんだ。そのときに、仙王は失する。国も王をなくして、大きく傷つく」

「ぼくのせいだよね」

翠雨苑での別れ際に見た、ロンユー。

『幸せ？　おまえなしでは、あり得ぬのだが？』

そして、橋から落ちた自分をつかまえようとしたロンユー。届かなかった指。

「ぼく、帰ります。翠雨苑に。すぐに」

チェンスーは反対した。

「きみがつくころにはもう、ロンユーは息を引き取っているだろう」

「だったら、なおさらです」

「第一、きみはおそらく、辿り着けない。翠雨苑は、今のきみには遠すぎる」

ここでカナメが平気なのは、幽境に近く、仙気がとても薄いからだ。仙気が満ちる青龍国の領域に入れば、カナメは体内のロンユーの仙気を消費する。ここから翠雨苑までは、チェンスーにとっても遠い。辿り着くまでに、仙気が尽き、カナメの息の根を今度こそ止めてしまうだろう。

そう、チェンスーは言った。

「傷を治すのに、きみの中の仙気はだいぶん失われてしまっているからね。私の仙気を分けようとしたけど、きみの身体は拒んだんだ。ロンユーがすでにいなければ、きみもまた、失する」

ああ、こんなことになるんだったら、最後のときに、もっと仙気をもらっておくんだった。だけど、とても、そんな雰囲気じゃなかったし。だいたいが、あのときは、本気で元の世界に帰るつもりだったし。

チェンスーは重ねて言った。

「せっかく助かった命だよ。まだ、かろうじて稀月だ。きみの世界に帰りなさい。そして、ここでのことは忘れなさい」

カナメはチェンスーを見つめた。

「できません。どうしても、できません」

カナメは、ロンユーと最後に会ったときを思い出す。摑み損ねた手を、今度はちゃんと握るから。そして、離さないから。

「近くに行きます」

そのためなら、自分は、この命をかけてもいい。

それほどに、この想いは強い。

■14　我、翠雨苑に帰る

「ぼくは、翠雨苑に帰ります。お願いです、チェンスーさん。連れていってください」

チェンスーはためいきをついた。

「まあ、言うことを聞くきみじゃないよね。約束したからね。きみの子どもは私の許嫁だ。ああ、この姿になるのはいつぶりだろうなあ」

そう言うと、チェンスーは変化《へんげ》した。銀の毛並みの狐が現れる。尻尾が九つに分かれている。

「さあ、乗って」

カナメが乗るが早いか、チェンスーは船から紫に煙《けぶ》る海に飛び込む。

「ぼく、そんなに泳げな……」

カナメは言いかけたのだが、チェンスーは海上を走って行く。波が覆い被《かぶ》さるようにやってくるのに、チェンスーには決してぶつからないのだった。

「す、ごい」

カナメは、チェンスーの首筋にしっかりとつかまった。

チェンスーは、どんどん陸に近づいていく。海上のある一点を通過したときに、カナメは空気の密度が変わったのを感じた。

青龍国に入ったのだ。

チェンスーが言った。

「これからは、時間との勝負になる。飛ばすからね。しっかりつかまっていて」

チェンスーに言われて、カナメはぎゅうとしがみついた。チェンスーは屋根の上を、木の梢を、岩のてっぺんを、軽やかに飛ぶように走って行った。

カナメは目を閉じていた。そうしないと、目が回ってしまいそうなほどの速度だった。

彼らは、一度も休息を取らなかった。それよりも、早く早くとそれだけを思っていた。

「須弥山が見えてきたよ」

言われて薄く目を明ける。

「ああ……」

カナメは、口元が緩む。いつも、自分が見ていた景色だ。くすぶってはいるけれど、懐かしい景色だ。

なだらかな上り坂を、チェンスーが一気に上がる。

カナメの呼吸が苦しくなってきた。仙気が尽きかけているのだ。

「ロンユーのところに行くんだ。どうしても、行くんだ」

そう繰り返していないと、チェンスーをつかむ力が弱くなりそうだった。表門が見えた。

「振り落とされるなよ」

チェンスーは表門を飛び越えた。睡蓮池を走り、翠雨苑・左の宮に飛び込む。カナメは気が遠くなってきた。

廊下を走るチェンスーの背中から、カナメはずるずると落ちていく。

「……もう、だめ、みたい」

悔しい。ひとめ、会いたかったのに。

ほんとに悔しいよ。もうちょっとなのに。

「ロン、ユー……」


そのころ。

ロンユー真君は、自室の寝台でただ、息をしていた。武官たちは、ロンユーの部屋の前で弓を鳴らし、この名君の魂が抜けることをなんとか防ごうとしていた。

ロンユー真君は仙王となって七十年余。あまりに若く、次時代の仙王は、話にも出てこなかった。

待っているのは、再びの失王。

前回の失王時には、ロンユーがいた。彼を立てればなんとかなるのだという勢いがあった。

だが、現在この国の先にあるのは、ただひたすらの衰退だけだ。この国が再び、隆盛を取り戻すには、いったいどれほどの時間が必要だろう。果たしてそんなときが、この国に訪れるのだろうか。

「ロンユー真君、どうか。お気を確かに」

ホンイエンは悲痛な面持《おも》ちでロンユーに懇願する。

「このようなことを望むのは、心苦しいのですが、今少しだけ、我らに時間をください」

なんと、勝手な願いなのだろうか。この方の孤独と引き換えに、栄えたこの国。

この方のささやかな願い……——愛する者と暮らしたいという願いを、自分たちは葬り去ったのだ。その報いであるというのに。

ナガライの行いを、ホンイエンは愚かと言い切ることができなかった。仙王はこの国そのもの。長かれと願ってしまうのは、むりないことだ。

おそらく、ナガライの祖父、ロンユーの部下であれば、また違っただろう。「人」としてのロンユーを認めてくれただろう。

長い年月が経つうちに、民はロンユー真君を「仙」と崇《あが》める気持ちのほうが大きくなってしまった。

ロンユーは目を開いた。

「弓の音が……している……」

「はい、鳴弦《めいげん》をさせております」

「……やめさせてくれ」

「ロンユー真君……！」

ホンイエンの顔は悲痛に歪んだ。こちらの願い、できるだけ長く生きてほしいという思惑を拒まれたのだと思った。それでも、しかたないと覚悟した。

「はい。鳴弦をやめさせましょう」

だが、違うのだ。それは、間違っていた。ロンユーは、ただ、その弓鳴りが邪魔なだけであったのだ。

まさか、と、思った。けれど、弓鳴りがやむといっそうはっきりとわかる。

「カナメだ」

カナメがすぐ近くにいる。もしやそれは、幽境から訪れた、自分を死者の国にいざなう亡者なのだろうか。

それでも、かまいはしない。カナメに会える。今一度、この手にいだける。ロンユーの身体に、ひととき、生気が立ち戻った。

ロンユーは寝台に身を起こした。

「真君、ロンユー真君？」

渾身の力を振り絞って、ロンユーは寝台から立ち上がった。否、立ち上がろうとした。

だが、気力を削《そ》がれたロンユーにその力は残っていず、寝台に片手をついて、よろめき進むことになる。それでも、どうにか部屋の外に出たときに、かぐわしい香りをかいだ。

カナメだ。カナメがいる。

もしや、植物が春の息吹を感じたときには、このようになるのではないか？

今の俺のように、どうしようもなく、心が立ち騒ぐのではないか？

ロンユーは、壁をつたって歩いた。ようよう、廊下の角《かど》まで来たときに、彼は見たのだ。

向こうから、九尾の狐をかたわらに、四つん這いで進む、恋しい人の姿を。

「カナメ……」

「ロン、ゆ……」

ロンユーは走りたかった。走って、彼の身体を抱きしめたかった。だが、それはかなわず、腹が立つほどの速度で近づいていくしかできなかった。

あと少し。あともうちょっと。

今度こそ。今度こそ。

ロンユーの指が、カナメの指にとどいた。引き寄せるように、彼の指と自分の指を絡《から》ませる。それから、腕を取った。皮膚の表面から、カナメがしみてくる。

座って、彼の肩を抱き寄せ、頬を擦《こす》り付け、カナメの香りを吸い込む。

「ろ、んゆ……」

彼の口に唇をつけた。

舌をからませた。

自分のすべてをカナメに与えたかった。根こそぎ、持っていってほしかった。

カナメの喉が鳴る。

まるで、ロンユーを飲み込み、咀嚼《そしゃく》しているかのようだった。

白かったカナメの顔に血の気が戻る。自分もまた、カナメを存分に味わう。

カナメが、ロンユーに抱きついてきた。

「ロンユー、ロンユー、ロンユー……」

彼は何度もロンユーの名前を呼んだ。

「帰ってきたよ」

「ああ、おかえり」

二度と離すまいとするように、その身体をかき抱き、ロンユー真君は言った。

「もう、離さぬ」

「うん、離さないで」

二人の様子を見ていた翠雨苑の者たちは、安堵した。そして、これほどに深い思いを交わした二人を引き裂くことなど、決してできはしないのだと、知ったのだった。

カナメは、泣きじゃくり始めた。

幼子のような、泣き方だった。

ああ、自分ときたら。カナメを抱きしめるには無骨すぎる。

「すまぬ。そなたはケガをしていたのだな。痛いのか?」

おろおろとロンユーは、たずねる。

「医者を……」と言いかけたのだが、カナメはチェンスーを連れている。チェンスーほど医療に長《た》けた者はこの百葉界にいない。

「違うんだ。それは、もう、治ったよ」

カナメはふるふると頭を横に振る。

「ごめんね、ロンユー。ぼくは、ロンユーの寿命を縮めちゃうんだ。それでも、あなたといたいんだ。ごめんね」

ロンユーは、カナメの髪に口づけた。彼からは、遠い海の匂いがしていた。ロンユーは笑う。

「おまえがいないと、太陽も輝くことはない。おまえが必要なんだ。俺にも。そして、この国にも。どうか、俺と生きてくれ」

「うん……うん……」

「あの」

そのときに、チェンスーが手を上げた。彼は、いつもの人間態になっていた。

「盛り上がっているところ、申し訳ないんだけど、私、もう帰っていいかな? 玄武の船を待たせているんでね」

ロンユーは、チェンスーに向かって言った。

「おまえには、世話になった。心より、礼を言う」

チェンスーはなんだか、ばつが悪そうな顔をしていたが、ぷいと横を向いて、言った。

「いいんだよ。おまえは、私の、その、友人、なんだから」

ロンユーは驚いた顔をしていたが、すぐに破顔した。そして、言った。

「そうか。そうだな」

ロンユーは微笑む。

「俺は、よい友を持った」

こうして。

ようやく、青龍国に再び仙王の威光が戻ったのだった。


ロンユーとカナメは、各々身体を清めてもらって着替えると、ロンユーの私室で食事をとることになった。ロンユー真君の食事を再び作れることとなった厨房の料理人は、泣かんばかりに嬉しがり、はりきった。

ロンユーの好物である、激辛の味付けがされた食事が、卓にのる。

「さっきまで、あんなに弱っていたのに、よくそんな辛いのが食べられるよね」

そういうカナメは、揚げた魚を添えた粥《かゆ》を食べている。魚は甘酸っぱいたれが絡んでいて、薬味をかけて食べると空腹にいくらでも入っていった。

「それは、どんな味だ？　うまいのか？」

「おいしいよ。……食べる？」

「食べさせてくれるのか？」

ロンユーは、いたずらっぽい目で、そう言った。カナメは、下を向いてもじもじしていたが、きりりと前を向くと、新しい匙《さじ》を手に取った。そっと、切り分け、掬《すく》うとロンユーの口元に持っていく。

「はい、あーんして」

目を丸くしつつ、ロンユーは口をあけた。その口に揚げ魚を入れてやる。

まんざらでもない顔で、しかし、意外だというように、ロンユーは言った。

「冗談の、つもりだったのだが……」

カナメは毅然《きぜん》と言った。

「ロンユーが望むことなら、なんでもしてあげたいって思ったんだ。だから」

ロンユーは、なんともいえない顔をした。

たとえて言えば。まるで、カナメを初めて見たみたいだった。それから、彼は目を細めて笑った。

「カナメ。おまえは、なんとも可愛いことをするのだな」

ロンユーがからかっているわけではないことはわかっているのだが、こういうときの正解を、カナメは習っておらず、わからない。

「うう」となって下を向く。

「ますます、愛しさが募るな」

カナメは、身悶《みもだ》えする。

「そういうことを言われると、どんな態度を取って、どういう顔をしていいのかわからなくて、困るよ……」

カナメは本気でそう言っているのに、ロンユーときたら妙に余裕のある顔で返してきた。

「そうか。だったら、そういう顔をしておれ」

これが、年齢の差か。

でもさ。

カナメは、思うのだった。これから、ロンユーと年月を過ごして、どのくらいの寿命があるのかは、誰にもわからないけど、その最後までいったとしたら、そのときには、今の年齢差なんて、笑っちゃうぐらいのものになってしまうかもしれないよね。きっと、そうなるよね。

これから、また、新しい自分たちが始まるんだね。

ふふっと、カナメは笑う。なんだか、楽しみ。

食事が終わっても二人は離れがたく、ロンユーの私室で彼が戯《たわむ》れで竜弦をつま弾くのを、カナメは繻子のクッションにもたれて聞いていた。

ロンユーが、竜弦をかたわらに置いた。そして、カナメのほうに目を閉じて、顔を傾けてくる。

「ん、ん？」

あれ？　もしかして、これってキス？　キスしようとしているの？　どうすればいいのだろう。目を閉じればいいのか？

だが、ぱっと、ロンユーが目を開いた。その黒い瞳をカナメはまともに見てしまう。心臓が躍り上がった。

――なんか、寿命が縮んじゃいそうなんですけど。

ロンユーは静かな声で言う。

「おまえは、いい匂いがしているな」

「ああ、うん。さきほど身体を清めてもらって、香油を塗ってもらったから」

ますます、ロンユーは近くなる。なんだろう。そうされると、うずうずする。でも、自分で言ったんだ。ロンユーが望むことを全部してあげたいんだって。

「そうじゃない。おまえの匂いだ」

陶然とした表情を、ロンユーは浮かべる。

「俺が大好きな、おまえの匂いだ」

負けじとばかりに、カナメはロンユーに顔を近づける。

「ロンユーこそ、いい匂いがしてるよ。遠くからでも、わかったもの。ロンユーの匂い」

「そうか？」

「猫のとき、ぼくは、この匂いが大好きだった」

ロンユーの懐に入ると、なにものからも守られている、そういう気持ちになったものだ。

「今は？」

そう聞かれて、「大好き」と返答しようとして、それだけでは足りないことに気がつく。

受験勉強とは、役に立たないものだ。自分の頭の中から、該当する言葉を必死に拾う。

ポンと出てきたそれは、自分でもビックリするほどに簡素なものだった。

「ときめく」

そう言ったときのロンユーの顔ときたら。

虚を衝かれたみたいだった。次には、新鮮な驚きを含んで、微笑む。今日は、この顔をよく見る気がする。

そして、自分は、この顔が気に入っている。だって、おそらく、カナメだけがさせることができる顔だから。

「そうか」

滲む嬉しさに、深い笑みを伴ってロンユーはそう答えた。

ロンユーは、カナメの首筋に指を当てた。こそばゆいが、不快ではない。むずがゆいような、揺らぎをカナメの内部に余すところなく伝えてくる。

ロンユーは、指の動きでカナメを操り、唇を重ねてきた。

カナメは目を閉じた。

見えないと、よくわかる。

ロンユーの指がもっと強くカナメにふれたい気持ちと、まだ力の加減がわからず傷つけてしまったらという狭間《はざま》で、バランスをとっている。

情熱と、カナメを思いやる気持ちと。その二つで揺れている。

唇が、ひそやかにつけられる。そして、ロンユーの舌がゆるやかに、カナメの唇の合わせ目をつつく。

——これって……。

どうすればいいんだろ。悩んでいるうちに、わずかな隙間から、そっとロンユーの舌が入ってきた。

——え、あれ……？

キスって、口をつけるので終わりだと思っていたけど、こんな、こんなことをするんだ。

舌なんて、にゅるっとしていて、それを口に含むなんて、考えたこともなかったのに、なんか、これ、信じられないけど……。

――き、きもち、いい……？

彼の舌に口の中を探られると、身体の奥でゆるやかに育っていた官能が、それによって活性化する心地がする。

頬に血が上る。自分の腰のあたりが熱い。

そっと、側面をこすりながら舌が出て行ったあと、カナメはその場で崩れ落ちそうになっていた。

「も……だめ……」

ロンユーは、カナメの耳元でささやいた。

「カナメ。俺はもう待てぬ。ほんとうに、おまえは、俺の正妃になってくれるのだな？」

声は、掠れていた。カナメはうなずいた。

――これは、今から……そう、だよね。

ついに、とうとう。うう。初夜、だよね。

「うん」

カナメはうなずいた。

おとーさん、おかーさん、ついにぼくは今夜、おとなになります。相手は男の人だけど、でも、ぼくが選んだ最高の人だから。

ぼくだって、未知の経験は恐いけど、でも、ありったけの勇気を振り絞って、挑みます。

カナメはロンユーに手を差し出した。その手を取ってくれると思ったのに、ロンユーはそそくさと立ち上がる。

――ん？

「では、潔斎に入らねばな。再会したばかりで、そなたと離れるのはつらいが。このままいたら、俺の理性がもたぬ」

――え？　どういうこと？

ロンユーが扉を開け放つ。

「ホンイエン！」

待ってましたとばかりにホンイエンを先頭にして、侍従や侍女たち、武官に文官が走り込んでくる。

「承知しました。我が君。おまかせください」

ホンイエンはそう言うと、頭を下げた。

これって、どういうことー？

思ったのと、違った。閨で初夜と思っていたのに、なぜ。

「これは……――？」

カナメは四方を壁に囲まれた部屋に連れて来られた。

おかしい。そういう、流れだったよね。ロンユーはどこ？

「カナメ様には、三日三晩、こちらにて潔斎していただきます」

ホンイエンに言われて、「潔斎？」とカナメはオウム返しする。

「ちょっと待ってよ。聞いてないよ」

「正妃になるときには、閨をともにする前に、天帝から祝福を受けねばなりません。今回の婚礼は略式にしますが、これは省略できません」

そういえば、以前、式次第のときに「三日三晩、潔斎」って聞いた気がするけど。そんなの、もう覚えてないよ。

「天帝の前で婚姻を誓われたときに、カナメ様は人から仙へとなられます。この三日は、この部屋でお一人で過ごし、精進だけを口にされ、身を清く保つ必要があるのです」

ロンユーといちゃいちゃどころか、誰も話し相手がいない。部屋の中で、何ひとつすることがない。

寝るにしても限度がある。

部屋に運ばれてくる、唯一《ゆいいつ》の楽しみである食事だって、この国に来て一番質素だった。雑穀の入った顔がうつりそうな薄い粥だけなのだ。肉。肉が食べたい。魚でもいい。野菜も足りない。油っ気も欲しい。まだ、育ち盛りなんだぞ。

「ううう」

だけど、きっと、ロンユーもぼくに会いたいのを、耐えているはずだ。

カナメはロンユーのあの、肉体美を思い出していた。

そして、ロンユーに再び会ってから、目覚め始めた自分の身体が、彼を欲しがっている。

それを途中で取り上げられて、金切り声を上げている。

ロンユーに会いたい。ロンユーに抱きしめられたい。あの匂いをかぎたい。自分の中に入ってきてほしい。ひとつになりたい。

「うわーん、ぼくのえっち！」

自分がこんなにいやらしいなんて、初めて知った。

「潔斎しないといけないなんて、天帝の意地悪ー！」

両足をバタバタさせて、カナメは叫ぶ。


ようよう三日経って、外に出してもらえた。

身体を洗われ、白一色の簡素な神服を着せられる。同様の姿のロンユーと再会して喜んで駆け寄ろうとするより早く、竜に騎乗させられ、「早く早く」と須弥山に向かう。

――ちょっと待ってよ。ぼくの扱い、ぞんざい過ぎない？

須弥山で天帝にご挨拶をした。

相変わらず、天帝の顔はよく見えないのだが、『祝福あれ』のイメージとともに、自分の上に光が注がれた。

「……あれ？」

今までになかった感覚がある。

すーはー。

息を吸って、吐いて。

『正妃は、仙気を呼吸できるようにしておいたゆえ』

頭の中に言葉が響く。

「え？　あ、じゃあ……」

ぼく、これから、ロンユーの仙気を分けてもらわなくてもいいんだ。ロンユーの命をもらわなくてもいいんだ。

「ありがとうございます！」

『また、意地悪と言われては、かなわないからな』

からかうように言われて、カナメは「ひー」と己の軽い愚痴を反省した。

「違うんです。違わないけど。あのときは、ロンユーと再会してすぐに離されたので、ついっていうか。ほんとにそう思っていたわけじゃなくて」

『わかっている。心が揺れるのが、人の子であるゆえ』

天帝は、なんだか、ご機嫌なようだった。

天帝からの賜り物をいただくと、兎たちが祝うように、わしゃわしゃとカナメの周りにやってきたので、存分におさわりをしてやった。満足だ。

ロンユーとカナメは、竜に騎乗する。

「……カナメ?」

背後からロンユーが聞いてきた。

「なに?」

返す言葉は、我ながらきつい。そうなってしまう。

「今日は、めでたい日であるのに、どうした?　そのように、むくれた顔をして」

「もとから、こんな顔なんです」

「違うだろう。カナメは、もっと愛らしい顔をしているぞ」

「そうさせてるのは、ロンユーでしょ!」

言ってしまってから、自分で自分にびっくりする。

「俺のせいであるのか?　そなたとの婚儀を急いだ俺が、悪かったか?　意に染まぬ婚礼であったか?」

「そうじゃなくて!」

なんか、自分の気持ちを分析すると、こっぱずかしい。

ああ、ぼく、すねてる。完全に、すねているんだ。

このまま、「なんでもない」って言えば、いいのかな。

だが、もやもやを抱えたまま、翠雨苑に帰りたくはない。帰れば略式とはいえ、一国の王の婚礼だ。たくさんの人に囲まれて、この気持ちを伝え損ねてしまうだろう。そんなのは、いやだ。

カナメは白状した。

「……あの、流れだと、これから、するのかなって思って」

言いつつ、恥ずかしさに身悶えした。

「すごい、えいやってくらいに、清水の舞台から飛び降りるレベルに思い切って決意したんだよ。ロンユーだから、そうしても、いいかなって。むしろ、してくださいって、思って。それなのに、あんなにあっさりぼくのこと、手放して、一人にして。三日ぶりに会えたさっきだって、『早く早く』ってせかして。仙王として、ぼくを正妃にしてっていうのも、そりゃあ、大切だとは思うけど。でも。こ、恋人に、なにか、言うことはないの？」

背後で、ロンユーが黙っている。

彼の機嫌を損ねてしまったのだろうか。

カナメはチラチラと背後のロンユーを見た。彼は、小刻みに揺れている。笑っていた。怒っていないようなので、ほっとしたけど、でも、笑うとかってあり？

そんなの、あり？

「ロンユー！　ぼくは、大まじめなんだけど？」

「すまぬ。そなたの不満はもっともだ。茶化したわけではない。嬉しくて、つい、な」

「なんで？」

どうして？　カナメがむくれているのが、なぜ嬉しいのか。理解に苦しむ。

「カナメ。そなたが、そのように気持ちをぶつけてくれるのは、俺だけだろう？　そう思うと、そのおまえの不満の気持ちさえ、尊くてな」

なに言ってんだ。そう言おうとしたのだけれど、よく考えてみると、ロンユーの言うとおりであることに気がついた。

あの、大切にしていたスケッチブックの絵をぐしゃぐしゃにされたときでさえ、自分を抑えて親族の家を飛び出したのに、ロンユーには、目の前でむくれて不満な顔を見せつけている。前に、ロンユーがほかの女性のところに行ったのではないかという疑念があったときには、つんけんしてしまった。ロンユーにだけ、そうなってしまう。

なんで？

それは、おそらく、ロンユーが自分の心の奥深くを揺さぶるからだ。とても、柔らかいところにまで、彼がふれるのを許しているからだ。

そして、この気持ちをあるがままに表現しても、きっとロンユーは受け入れてくれると信じているからだ。

ようは、ぼく、ロンユーに甘えているんだ。

ひー、恥ずかしい。十八にもなって、なにやってんだろう。

うつむいたカナメの首筋に、ロンユーが唇を寄せてきた。

「うわっ！」

思わず声をあげてしまうほどに、鮮烈な官能が、カナメの全身をひたひたと満たす。全身の皮膚が、カナメのすべてが、ロンユーに応えたいと切ない声を上げている。まだ、そのときではないというのに。

「な、なにするんだよ、ロンユー！」

「カナメは、俺をただの男にするな。恋しい人の一挙手一投足に反応して、我が胸が立ち騒ぐ」

「だめだよ、もう」

「竜はよくわかっているぞ。決して、俺たちを落としたりはせぬ」

「そうだけど。そういうんじゃなくて」

ううう。こういうの、言うの、めちゃくちゃに、恥ずかしいんだからね。

「あのね、これから、翠雨苑に帰ったら、また、色々あるんだよね。三日ぐらいは、宴が続いて、そこにいないといけないんでしょ？　中途半端にあおられると、その……――なんか、また、つらく、なっちゃうので……」

くっ。まるで、自分がいやらしいことを告白したようなものだ。

「わわっ？」

カナメが声をあげたのは、ロンユーが背後から強く抱きしめたと同時に、竜の速度が上がったからだ。翠雨苑に向かって鋭い角度で降下していく。それでも、竜は睡蓮の池に差し掛かる直前で緩やかに速度を落としてくれたので、カナメとロンユーは私室のある左の宮の睡蓮池のほとりに無事に下りることができた。

ホンイエンたちが駆け寄ってくる。

ロンユーは宣言した。

「カナメは、無事に天帝の祝福を賜った」

ホンイエンが頭を下げる。

「ロンユー真君ならびに正妃様、婚姻の儀、まことにおめでとうございます」

「おめでとうございます！」

周囲も唱和する。

「うむ」

ロンユーが、きらめくような笑顔を見せて、ホンイエンに言った。

「客人は、集まっているか」

「はい。しかし、突然の変更ゆえ、まだ姿を見せていらっしゃらない方もおられます」

「そうか。私は今から、正妃とこもる」

「はい？」

ホンイエンは顔を上げた。

「宴が終わるまでには戻るゆえ、使っておらぬ離宮や部屋を客人の臨時の部屋とし、よくもてなしてくれ」

「しかし、仙王陛下ご夫妻のおいでがないというのは、どうかと。せめて、一言でも、ご挨拶を」

ホンイエンが食い下がるのに、ロンユーは堂々としていた。カナメの腰を引き寄せると宣言する。

「仙王が、恋しい正妃を愛《め》でる以上に、めでたきことがあるだろうか。のう、ホンイエン？」

――へ？

え、え、え。どうしたの。どうしちゃったの。ロンユー。

ホンイエンは、もうなにも言うことができず、頭を下げる。侍女たちから歓声を噛み殺したような嘆息が漏れた。侍女たちが動きだす。

「さ、それでは、正妃様。湯浴《ゆあ》みをいたしましょう。こちらへ」

「ロンユー真君も、夜着にお着替えなさいませ」

二人は侍女たちにせき立てられる。

その夜、宿直《とのい》の侍女たちは、睡蓮の池に夜だというのに花が咲き誇るのを見た。

ロンユー真君が歓びに満ちあふれていらっしゃる、その証拠だ。

だが、そっと唇に指を当て、静かに。

夜は長いのだから。

■15　寝所

カナメはロンユーの寝台で夜着を着て、正座して待っていた。同じく夜着のロンユーがなにをするのかと興味津々《しんしん》な様子で、寝台に上がってくる。

彼はあぐらを掻いて、こちらを見ている。

カナメは、深くお辞儀をする。

「どうか、末永く、可愛がってやって下さいませ」

「ぷふっ」とロンユーが横を向いて笑う。

「だって、こう言えって侍女に言われたんだ」

「なるほど」

ロンユーは、まだ笑っている。カナメは、むくれるのだが、ロンユーはご機嫌だった。ロンユーは、カナメの頬に手をやる。そのすべらかな肌を楽しむように、指が遊ぶ。

くすぐったい。

でも、心地いい。ロンユーにふれられると、身体の奥の奥から、快哉が聞こえる。嬉しくて、たまらなくなる。

「いいな、その顔。艶《つや》めいている」

「ロンユーのこと、大好きだからだよ」

こうして、息が熱くなっていくのも、頬に血が上ってくるのも、ロンユーだからだ。

「俺もだ。カナメ。おまえと一刻も早く、こうして二人きりになって、おまえを抱き寄せたくて、たまらなかった」

「ロンユーも?」

「あたりまえだろう。だが、俺は残念ながら、仙王であるのでな。どうしても、最低限、やらなくてはならないことが出てくる。どうだ、カナメは、己の仕事をせぬ男はいやだろう?」

「それは……いやですけど。いや、なんですけど」

ううう。わかってしまったのだ、ぼくは。

「ぼくの元いた世界で『私と仕事、どっちが大事なの?』ってセリフがあったんだよ。そういうもんじゃないって頭では理解してるんだけど、初めて、気持ちだけはわかった」

「お互いに出会ってから、初めてわかることが多いな」

「うん」

ぼくも、ロンユーのいろんな顔を見た。緊張している顔も、ほっとした顔も、嬉しい顔も、可愛くてたまらないって顔も。悲しい顔も。たくさん。

それに。

「これからもロンユーは、ぼくの初めてを、たくさん見ることになると思うよ。だって、これからたくさんの初めてを、ロンユーとするんでしょ？」

「カナメ……」

ロンユーが嘆息する。

「え、なに？　違うの？」

「そう、だが。なんなのだ、これは。百年余り生きてきたが、おまえは俺をどこまで籠絡《ろうらく》するつもりか。おまえは、なんという存在なのだ。言葉のひとつ、そのしぐさのひとつで、俺をここまで、悩ましい気持ちにさせるとは」

えー、なんで？　思ったままを言ってるのに。

「でも、嬉しいな」

ふふっと笑ってしまう。

「だって、ロンユーが、ぼくで、その気になってくれるってことでしょ」

「そうだ。おまえだけだ。こんなにも、そばにいてほしいと思えるのは、おまえだけなのだ」

ロンユーが指先で顎をくすぐってくる。それを合図にして、唇を重ねた。

――あ……。

まるで、互いの身体が磁力を帯びているようだった。ロンユーの仙気はなじみがあるものだったけれど、自分の仙気も相手にふれている。唇を離したロンユーが言った。

「これが、そなたの仙気なのだな」

「どう？」

仙気が好きというのは、身体の相性がいい証拠だと言われたので、気になってしまう。

「甘い。こんな甘露があろうとは」

ロンユーは「そなたの、ほかの味をくまなく知りたくなる」と、すごいことを口にして、カナメを有頂天にさせる。

交わりというのは、いきなり巻き起こる、特別な状態だとばかり、思っていた。いざというときに、そういう気持ちに突然なるのだと。

そうじゃない。

常に彼の言葉が自分をくすぐり、緩ませていく。彼を深くに取り込む準備をしている。いい気持ちになっていく。

彼の存在で、自分の中の水が揺れる。うずうずと疼いていく。

そして、ふれられて、官能と結びついて、花を咲かせる。あの、池に咲く睡蓮のように。

「あのね、ロンユー。わがまま、言っても、いい？」

「ああ、いいぞ。なんだ、言ってみろ」

恥ずかしいが、おねだりしてしまう。

「このまえの、気持ちよかったから、して」

「どれのことだ？」

そう問われたので、カナメは、ロンユーの身体をこちらに引き寄せ、唇を重ねて、その舌を自らの舌で誘った。

ロンユーは微笑んだ。

彼は理解してくれた。舌が入ってくる。彼の舌が、優しく自分を味わい、あやしてくれる。

唐突に気がついてしまう。

あ、ここ、すでに、自分の中なんだ。

ロンユーは自分の中に入ってきてるんだ。

そう理解すると同時に、ずしっと重みさえ感じる感動がやってきた。

そして、なんてことだろう。なのに、もっともっとと自分の中で言っている。今まで一度もこういうことをした経験はないのに。

口づけの角度が変わり、次には互いの舌の側面をこすりあう。

なんだか、むずむずする。どうしようもなくなる。わめきたいような、内圧が自身の中にある。

ロンユーは唇を離すと、カナメの身体を持ち上げ、ひねる。カナメの身体はいともたやすく、彼のあぐらに背後から抱き込まれた。

「どれ。腹を可愛がろう」

ロンユーが、カナメの夜着の紐《ひも》をほどいた。前がはだけられる。ロンユーは、あらわになったカナメの腹をさすった。

「もう、ロンユー。猫じゃないんだから」

「では、こちらは、どうだ？」

そろりと、手が下まで伸びてゆく。指が歩くように、臍《へそ》から、さらに下に辿っていき、カナメの性器を根元から覆った。両方の手に包み込まれ、揉むように先端まで刺激される。先端から、たらたらと液がしたたった。

「あ、あ。や、あ。そんなところ」

「可愛がってくれと言ったのは、カナメ、そなたであろう？　可愛がっていないか？　俺は」

「うう、そうだけど。あ、あ」

「愛しいな。我が妃《きさき》は」

耳の後ろに口づけられた。そこと性器が一本の糸で繋がったみたいになった。びくんびくんと反応してしまう。

もう、いってしまいそうになる。

「ロンユー、ロンユー」

カナメは、懇願した。

「ちゃんと顔を見て、したい」

「わかった」

ロンユーは自分の夜着を脱いだ。そして、カナメを自分のあぐらの上に、相対するかたちに乗せてくれる。

目を合わせると、こみ上げる思いがある。

「よく、ここまで辿り着いたね。ぼくたち」

「そうだな」

「少し前まで、ロンユーのことを知らなかったなんて、信じられない」

「俺もだ」

向かい合って、キスをする。

カナメは、膝で立つとロンユーの頭頂部、髪を結い上げているあたりに唇を落とす。カナメは、長い髪を腕に巻きながら、彼の頭を抱く形になる。

「ロンユーも、よくがんばりました」

「褒めてくれるのか?」

ロンユーの吐息が鎖骨あたりでする。吐息が、自分の肌をくすぐっている。

「偉かったよ。すごいよ」

ロンユーは、カナメの鎖骨の頂点を肩口まで辿った。

「あ、あ……」

身体の力が抜けてしまう。溶けてしまいそうだ。

カナメは、寝台に倒された。ロンユーの舌先が鎖骨から胸へと移り、躍った。くわえられ、舐められ、舌先でつつかれる。

「ん、んん……っ」

いきなり、そこもまた、快楽の線で繋がれた。何重奏にもなって、自分の身体を巡っている。腰が動く。なんだか、自分が違う生き物になりつつあるようだ。

ロンユーに片手で膝を抱えられた。

——うわー、なんてかっこ。

顔を覆いつつ、ちらりとロンユーの下腹部を見る。そこがいきり立っているのを見て、安堵する。

ロンユーは、カナメの膝に唇を落とした。こちらを見つめつつ、舌は腿をすべる。そして、性器を含まれた。

「はあ？　あ？」

そんなこと、されるなんて思ってもいなかった。

「いや、ちょ」

待ってほしいのに、ロンユーは口の中のカナメの欲を煽るのに夢中だ。膝を閉じたいが、ロンユーに摑まれてしまっている。それに……。

「あ、いい……」

力、抜けちゃう。魂も、抜けちゃう。

「すごく、いい……」

とろけそう。そう思ったとたんに、ロンユーのいたずらな指が、カナメの左の尻を揉んだ。それだけなのに、全身に響いた。

ロンユーとキスした唇、舌、鎖骨、舐められた胸の先、膝、太腿、彼にふれた腕や腹。それらすべてが重なり、火花のように、一気に散った。

「あ、あああ……！」

彼の口の中に、カナメは精を放ってしまう。ふるふると腰が震えるほどの快楽があった。

「うん」

ロンユーが唇を舐めながら、身を起こす。

脱力しているカナメの腰に、指を一本、当ててくる。

指で入り口をさぐられている。ぬめっているのは、きっと、香油を塗ったからだろう。

「つらかったら、言え」

カナメは首を振る。

「止まらないで。ぼくのこと、欲しがって。そういうロンユーが見たい」

「あまり、煽るな。俺も自分で思っていたよりは、老成していたわけではないようだ」

ロンユーが、指でならしていく。二本目が入ってきて、軽く曲げられたとき、その先端が
ふれたところが響き、落ちついたばかりの身体の疼きに再び火が灯り始めていた。

「いい、か？」

「ん……」

膝を抱えて、深く倒し、ロンユーが押し入ってきた。

「すごい……おっきい……」

なめらかに、何度か押し引きをくりかえし、カナメのそこは、ロンユーのペニスの先端を
ようやく飲み込む。

「よかった……」

「うん……？」

「入って、よかった。できて、よかった。うれしい」

「おまえはまた、かわいいことを言う。だがな。これからだぞ？」

ロンユーが身体を進めてきた。

「あ……」

そう。まだ、先端だけだったのだ。徐々に、ロンユーが深くに入ってくる。質量を腰に感じる。

どこまで来るんだろう。

「なんか、もう。ロンユーのかたちになっちゃうみたい」

「う」

ロンユーがうめいて、一気に腰を進めてきた。

「あ……！」

「すまぬ。おまえがそのような色よいことを言うから」

ロンユーは、一息に身を引いた。先端が、カナメから出そうになるまで。

ぞくぞくと背中を快楽が走って行く。

「ふ、ああ……」

「これが、よいのか？」

ロンユーが、押し込むと、ゆっくりと大きく引く。

「あ、あ、それ……」

鳴くカナメに興が乗ったように、大きく、小刻みに、ときに角度をつけて、ロンユーはカナメの内部を翻弄した。

カナメは「いい」しか言えなくなる。

「こんな、こんなの。いい……！」

カナメの指がロンユーの背に回る。思い切り、しがみつく。ロンユーに傷なんか、つけたくない。同時に、ロンユーの傷のひとつが自分のあかしになるのは、悪くないとも思う。

なんだか、めちゃくちゃだ。そして、一点を目指している。

「あ、あ……！　ロンユー……っ！」

ロンユーがはじけた。

全身に張り巡らされたカナメの快楽は、ちかちかとまたたき、火花になり、波のように押し寄せ、身体をほんとうに持ち上げられたかのような、今一度の絶頂を、カナメは味わった。

荒い呼吸のまま、口づけられる。

なんか、とっても、甘い。ロンユーが自分のことをそう言ったように。こんなに甘くておいしいものがあるのかと思う。

「カナメ……」

ロンユーは、ためらっている。だから、カナメから言ってあげる。

「もう一度、して？」

そう言って、ロンユーを抱き寄せる。

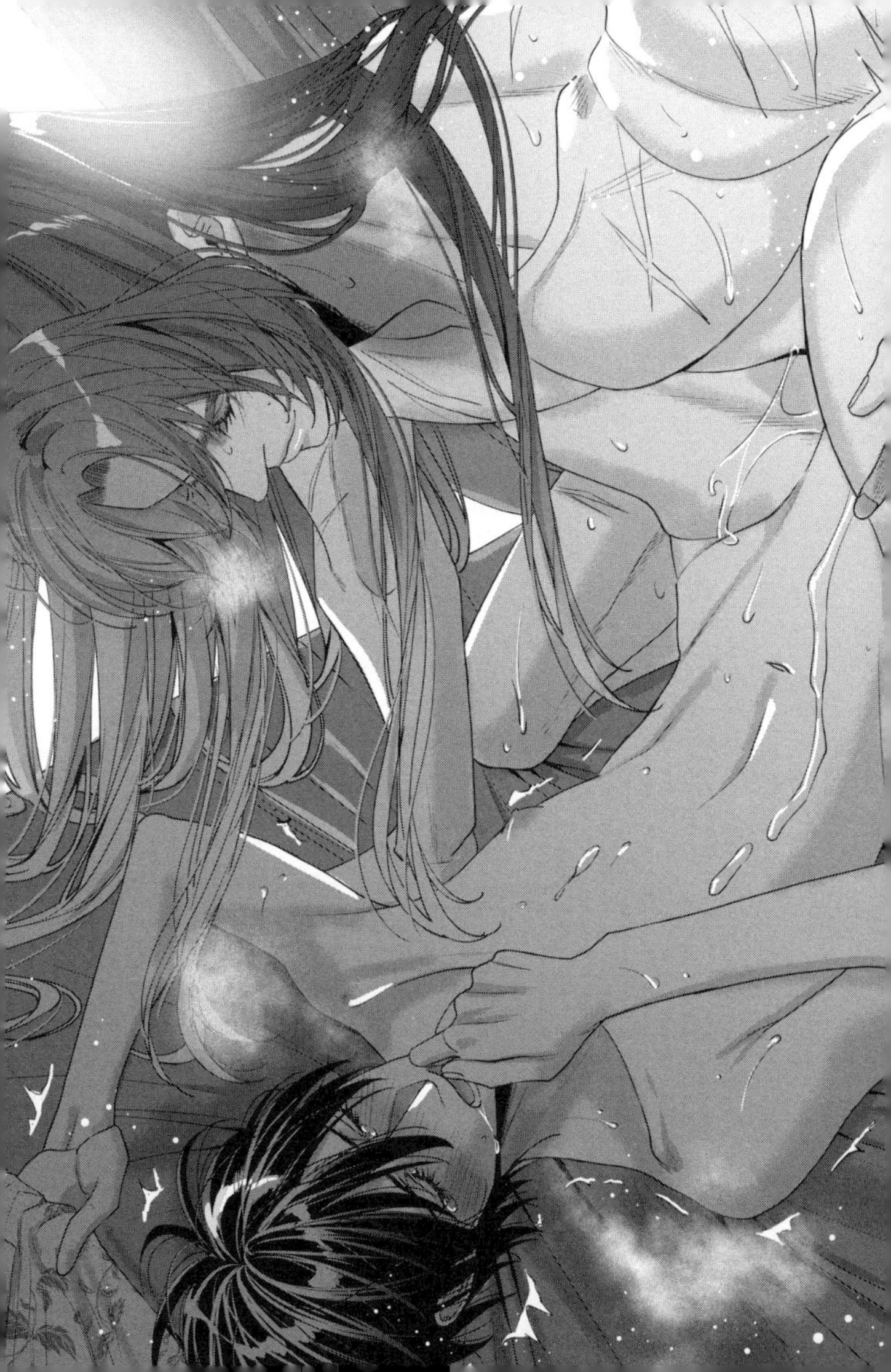

■16　翌朝の二人

あけて翌朝。

カナメはもそもそと寝台の隣を見る。

ロンユーが眠っている。

——ロンユーの寝顔。

前に、ロンユーと朝を迎えたときには猫だったから。ロンユーはカナメを潰さないようにと別の寝床を用意してくれていたのだった。

同じ寝床で寝て、朝を迎えられる。充足感に満たされる。こういうのは、人間の、この人だけと誓い合った恋人同士の、特権なのだと再認識する。

「ふふ」

今まで、考えてもいなかった方法で、この大好きな人とふれあった。あんなところまで、ロンユーが来た。

感覚はあまりにも深くて、魂と言われるところまで届いたかと思った。事実、そうであったのかもしれない。

ゆうべの事後、あとのことは自分たちがすると侍女が言ったのだが、ロンユーは決して譲らなかった。

「今まで可愛がっていたのだ。最後までこの手で世話させてくれ」

ロンユーにお湯を絞った布で身体を拭かれたのが、すごく、気持ちよかった。彼の仕種《しぐさ》ひとつひとつが、丁寧で、繊細で、言葉を使わぬ睦言《むつごと》のようだった。

今まで、ロンユーと繋がり、そのロンユーが、ロンユーを含み、ロンユーを飲み込んで歓喜に満ちあふれていた自分の身体を、ロンユーが、丁寧にぬぐっている。それが嬉しくて、足先で彼の腹あたりをくすぐったら、ロンユーがちょっとだけ獰猛《どうもう》さを含んだ笑みを浮かべた。

「カナメ。それ以上、煽るな。あまりにおまえが愛しすぎて、抱き潰さぬようにするのが大変なのだぞ」

ああ、そうしてくれてもいいのになあ。ロンユーだけになってしまえたら、幸せなのになあ。だが、圧倒的に体力に差のある二人である。ロンユーが思いきり自分を抱いたら、足腰が立たなくなってしまうだろう。そうなったら、一番後悔するのは、当のロンユーに決まっている。

カナメに夜着を着せたあと、自分も湯を使ったロンユーが、隣に滑り込んできた。

「カナメ」

「うん……？」

「ほんとにおまえは、日々、みずみずしく愛しいな」

そう言って、唇を頬に落としてくれたのだ。


そうして、今。

そんなロンユーが、どこかあどけない、無防備な寝顔をさらしている。

——すごい。これは、すごいことですよ。

カナメは彼の前髪をつまんだ。赤みがかったこの色。きれいな色。

「あまり見られると、穴が空いてしまいそうだぞ」

そんな声がして、ロンユーがぱっと目を開いた。

「ロンユー、起きてたの？」

「おまえに見られていたら、その視線の熱さで気がつく」

カナメは慌てて布団に潜り込む。

「もう、言ってくれればいいのに」

「なんだ、そんなにいい男だったか？」

「うん……。みとれてた。あと、ロンユーと朝を迎えられて、うれしいなって」

「カナメ」

ロンユーが自分に軽く体重をかけてきた。

「どれ。見せてくれ。どのような顔で、そのように艶っぽいことを言ってくれるのだ」

「やだよ、やだ」

「……いやか？」

すっと、ロンユーの身体の重さが消える。

ああ、もう。ロンユーはずるい。押しまくられているうちは、突っぱねることができるのに、引かれてしまうと「いいよ」としか言いようがなくなってしまうではないか。

「いやじゃないし」

「そうか」

ロンユーが、布団をそっとめくって覗き込んできた。

熟《う》れたように赤い顔を、カナメはしていた。頬は、たった今覚えた朝の羞恥《しゅうち》を帯びていた。

「そうか。そのような顔をしていたのか」

ロンユーは上機嫌で、カナメを掛け布団ごと抱きしめた。

「どうしようと思うほどに。そなたは、愛しいな」

ロンユーが、そう言ってくれた。

「愛しくて、また、抱きたくなる」

「う。……いいよ……？」

カナメが返した声は、くぐもっていた。ロンユーが再び布団をめくる。中からは、愛しい新妻の、恥じらった、だが、期待に頬を染めた顔が覗く。

それを無下にできるほど、枯れてはいない、ロンユーであった。

■17　仙王と正妃の婚儀

ロンユーとカナメが寝所から姿を現したのは、太陽が高くなってからであった。

カナメたちは、衣装を宴用のものに着替える。

カナメの婚礼衣装は仮縫いのままだったので、とにかく超特急で、侍女たち全員のみならず、町からも仕立屋を集めて仕上げたそうだ。

まばゆく輝く宝石がついている衣装をまとったカナメを見て、ロンユーはご満悦だった。

「天人花もかくやという美しさだな」

そこまで美しくはないだろう。花もとんだ迷惑だと思う。ただ、内側から、輝くように自分を押し上げてくる歓び。それだけは、天人花にはないもので、負けてはいないとカナメは感じていた。

翠雨苑の睡蓮が、蘇《よみがえ》り、昼夜問わず咲き誇る。

さらには、国中に、閨ごとの繁《しげ》りぶりが知れるほどの、快晴であった。

ロンユーも冠をつけ、紺色の衣装に身を包んでいる。

宴で挨拶ののち、表門から餅を撒く。

「ロンユー仙王陛下、ばんざい！」

「正妃様、ばんざい！」

「おめでとうございます。末永く、この地をお治めください」

そこにあったのは、押し寄せた民の祝福と喝采《かっさい》であった。


ロンユー仙王よ、楽しかれ。

青龍国と、この百葉の世界よ、栄えあれ。

黒髪の正妃よ。仙王とともにあれ。


「ああ」

餅を撒き終わってもまださめない熱狂。カナメはロンユーに身を傾けた。

「どうした、カナメ。疲れたか？」

「ううん、そうじゃなくて」

カナメが昨日、天帝から賜ったのは、紙だった。

「門上のロンユーとぼく。せっかくの題材なのに、描けないのが残念だなって。……——それだけ」

けれど、胸がいっぱいすぎて、自分ではこれを、描けないかもしれないな。

そう、カナメは思った。


だが、カナメが案ずることはなかったのだ。

この日の仙王と正妃の凜々しさ、美しさは、かっこうの絵の題材となり、青龍国のみならず、他国でも、描かれ続けた。

何枚も、何十枚も。

婚礼の、晴れやかな日を言祝ぎて。

この日。

これ以上ないほどの長き平和と豊かな治世、賢き仙王と麗《うるわ》しい正妃の時代が始まったのであった。

■そのあと

天帝からの賜り物の紙は、ただの紙ではない。最上のものであり、減ることがない。

カナメがここを消したいと手で掃けば、消すこともできる。

筆を手にして描けば、思っている色になる。重ね塗ることも可能である。

「わー、すごいね。これ」

カナメが言うと、ロンユーは賛同した。

「ああ、素晴らしいな」

そして、言った。

「俺は竜弦を賜った。玄武のユアンチュアン仙王は鼓《つづみ》だし、白虎のハイファ仙王は琴、朱雀のジンイン仙王は笛だそうだ。長き命を楽しめということだろう」


ということで。

カナメは文章《もんじょう》博士による博物誌の編纂《へんさん》を手伝っている。長い人生だ。この国のあれこれを次世代に残すのは、有意義な仕事だし、もしかして、ロンユーの助けになるかもしれない。

植物学に詳しいチェンスーが、よくロンユーのところに来るようになった。

「やっほー」

ロンユーは「もしかして、カナメ目当てなのでは」と疑っているようだったのだが、チェンスーは「将来の義理の母上にそんな気持ちはないよ」と言い張っている。

なんで、チェンスーは自分たちの子どもにそんなに固執するのかな。

そう、ロンユーに聞いてみたことがあったのだが、ロンユーは言った。

「そうだな。人間の、割り切れなかったり、不可解だったりするところを気に入っているのかもしれないな。かと言って、深い縁を結んだところで、すぐに別れてしまうのは寂しいだろう?」

「なるほど……?」

そうか。天帝がこの世界を造り、人間と仙王をこしらえたのも、そんな理由だったのかもしれないな。

カナメが正妃となって数年が過ぎた。あるとき、翠雨苑の片隅の樹にたくさんの実が生《な》った。小さな実だった。

銀色の木肌《きはだ》のその樹は、てっきり桜かと思っていたのだが、小指の先ほどの実は雫形《しずくがた》をしている。

「あれ?」

植物事典にのっていた記憶はないが、だけど、どこかで見た気がする。

——あ、そうか。婚礼のときの冠にこの枝と実があったな。実は宝石だったけど。

それにしても、おいしそうだ。あまりに、あまりにもおいしそうで。

ひとつをとり、ぱくり、と口に入れてしまった。

「わ、これ、サクランボとかグミの実かと思ったら、桃の味がする」

甘い。甘くて、とろけそうだ。

カナメが今一度、実に手を伸ばすと、侍女の悲鳴が響いた。

「え、なに？　なに？」

はしたないのは認める。もしかして、食べちゃいけない実だった？

まさかとは思うけど、毒とか。

正妃である自分は、たぶん、毒でも死ぬことはない……——と思うけど。

ロンユーが駆けつけてきた。

「カナメ！」

ロンユーは、驚いている。

「これを、食べたのか？」

「う、うん。ごめん。あんまり、おいしそうだったので」

「仙桃果《せんとうか》が生るとは……」

「仙桃果？」

「正確には実ではない。滋養強壮剤というか」

ロンユーは、なんだかごにょごにょと口ごもっていた。

「これは、仙王が子どもを作るときに生る」

「？？？？」

カナメには、さっぱりわからない。

「ああ、わかった。日は高いが、寝所に来い。みなも、そのように動く」

え、どうしよう。なにかしちゃったのかな、ぼく。

寝台の上で、ロンユーとカナメは向かい合っていた。あいだには、仙桃果が盛られた銀の器がある。

「これは、このように食すのだ」

ロンユーは、仙桃果を一粒とると、カナメの口に入れた。さきほども美味であった。だが、今、カナメの口に入った仙桃果は、さらにロンユーの仙気をまとっていた。さながら、上等な酒として醸されているかのようだった。それを咀嚼し、飲み込む。

「あ、これ、なんだか」

奥底に、ロンユーの仙気が落ちていく。そうすると、それが呼び水のように、「もっと、もっと、ロンユーが欲しい」と訴え始める。

「おまえも、俺にこの実を食べさせてくれ」

「ん」

カナメは、実をつまむとロンユーの口元に運ぶ。ロンユーはそれを、舌先で味わってから、口に咥え、飲み込んだ。

「は……?」

今、なんだか、自分の胸の先を、ロンユーに可愛がられた気がした。それだけじゃない。脇も、腰も、首筋も、膝から足先まで。自分の身体の表面に現れている磁場のような官能が、ロンユーに反応している。

ロンユーがカナメの夜着の紐を解く。指が腰骨をくすぐった。

「ふっ……」

カナメの体表面にある薄い膜のように張られた感覚を掻き乱す。

ああ、自分は熟れている。じくじくとしたたりそうになっている。

「ロンユー……、すぐに、来て」

カナメは、ねだった。身体全部が、ロンユーが欲しくてたまらない、それだけのいきものになっていた。

「ぼくの身体が、ロンユーのかたちにあいてるよ。寂しいよ」

「カナメ」

いつも、ロンユーは優しく焦《じ》らす。カナメは、焦らされることを甘受する。そういう二人であった。だが、今日このときばかりは、二人にそのような余裕はない。

指に香油をまとわせると、ロンユーがカナメの身体を開く。ロンユーの匂い。彼の指が身体の中を進むたびに、ロンユーの腕が太腿にふれる。カナメは、ロンユーに切々とどれだけロンユーの身体が好きか、その訪れを待ちわびているかを訴える。

快楽に興じる夜があけたら、羞恥に身悶えるであろうカナメのそれを聞きつつ、ロンユーはただ、この身体を、そして、その奥にあるさらなるものを求めて、指で道を作っていく。

ようやく、ロンユーが中に入ってきたとき、カナメは高く声をあげた。うれしくて、気持ちよくて、楽しくて、たまらない。生きる歓びすべてを込めた嬌声《きょうせい》だった。

入ってきたロンユーが、こことという場所をこすりあげる。

——ああ、これ。これが、ほしかった。

もう、最初から絶頂が来ている。これがなににもならないはずはない。そう確信するほどの、悦びがあった。


仙王と正妃は、三日三晩、こもりきりになった。


「仙桃果、すごい」

それが、カナメの感想であった。時折、仙桃果以外で口にしたのは水だけなのに。

——めちゃくちゃ、やりまくってしまった。

さすが、この国の強壮剤。ばっちりだった。

そして。

銀肌の樹に、小さな光の粒が宿ったのを、庭師は認め、カナメたちに知らせてくれた。

「仙王の子は、この樹に宿るんだ」

そう、ロンユーは言った。

——嘘でしょ。キャベツから生まれるレベルじゃないか。

「ほんとに子どもになるの？」

ロンユーはもしかして、自分をからかっているのではないかとカナメは思ったのだが、真剣そのものの表情と、ホンイエンを頭《かしら》としたみなの浮かれ具合に、なるほど、本当らしいと納得する。

そう言われると、なんだかこの光の粒が可愛く思えてきた。

「いつごろ、生まれるのかな」

「さあ。早くて三日。かかれば百年というからな」

「百年も待てないよ、ロンユー。ぼく、どうすればいいのかな」

「楽しめばいい。そして、子が生まれるのを心待ちにすればいい」

そっか。そういうことか。

そうだね。

「わかった。ロンユー。じゃあ、ここでお茶会をしよう」

茶会の日に、まっさきにやってきたのは、チェンスーだった。

「まだかな、まだかな」

チェンスーは、子どもの実ができたときから、足繁く翠雨苑にやってくる。

「もう。そのときが来ないと、生まれないよ」

そう言いながら、カナメは天帝より下賜《かし》された紙を用意した。


チェンスーは、そこらの草を抜くと笛にして、吹きだした。ロンユーの竜弦と合わせる。

ホンイエンたち文官、それに武官、侍従、侍女、みなで菓子をつまみつつ、笑って話をする。話題は子どものことばかりだ。

男子、女子、どちらか。仙王と正妃、どちらに似ているのか。

カナメは、筆を取るとその様子をスケッチした。

帰ってきてからカナメは、ロンユーの絵を描くことが多くなっていた。けれど、何回描いてもまだ足りないなあと思ってしまうのだ。

これもロンユーなんだけど、違うのもロンユーなんだよね。


——ねえ、見える？

カナメは、まだ見ぬ子どもに心の中で話しかける。

実際に、ふれて、見て、感じないとわからないことが、たくさん、あるんだよ。

ここは、こんなに楽しいから。

だから、早く生まれておいで。新しい、ぼくの家族。

そう願うカナメの耳に、ロンユーやチェンスー、翠雨苑の者たちの声に混じって、小さな愛らしい笑い声が聞こえた気がした。

正妃、猫になる

これは、仙桃果《せんとうか》の生《な》る前のこと。カナメが正妃となった翌年の出来事である。


我が輩は猫である。

夜中にふと目が覚めたら、そうなっていた。

——……なんで？　なんで？

カナメの脳裏を駆け巡るのは、そんな疑問ばかりである。


昨夜。

カナメは、ロンユーと寝床をともにしていた。濃密な愛を交わす一夜ではなく、口づけながら、ただひたすら、さわりあい、互いの仙気《せんき》を感じあう。春の野原を転げ回るような、無邪気に甘いひとときであった。

その中で、「そういえば、そなたが猫の姿でこの翠雨苑《すいうえん》に落ちてきたときから、ちょうど一年になるのだな」と、ロンユーが言ってきた。ロンユーは、案外と記念日をちゃんと覚えている。まめなタイプである。

「そうだっけ？」

「そうだ。婚姻の式を行ったのは、もう少し先になるが。そなたと出会ってより、俺の世界に光が射《さ》したようだった」

ふふ、ロンユーったら、おおげさな。でも、そういうとこ、いい。

「そうだね。それで、ぼくはロンユーに出会って、とっても大切にしてもらって、ロンユーのことを大好きになって」

そうして、人間に戻ったあとには、ぼくはロンユーにときめくようになったんだ。そんなぼくにロンユーは求愛してくれて、その求愛を受けて、正妃《せいひ》になって。

色々あったけど、好きな人が自分を好きで、そんな二人をみんなが祝福してくれて、もう、これ以上望むものはないよ。幸せって、こういうのを言うんだね。

そんな、温かな気持ちで寝入ったのち。夜半に目が覚めたカナメは、まず思った。

——ああ、ロンユーの匂いがする。すごく、いい匂い。それに、ロンユーは胸板は厚くて、腕はたくましくて、身体《からだ》が大きいから。包まれているような心地になるんだよね。

そう。まるで、身体ごと、くるまれているよう。

——ん？　んん？　んんんんん？

夢見心地だったのが、ぱっちりと目が覚めた。

「ふみいいいいいい！」

自分の口から出たのは、そんな声だった。ああ、この身体、この声の出し方、布団を叩いても「たしたし」となってしまう前足、しきりと揺れる尻尾《しっぽ》、どこまでも伸びる柔軟な身体。

猫だ。子猫だ。

猫カナメになっちゃったー！

「にゃあああ！」

「カナメ！」

白い夜着のロンユーが起き上がる。布団をめくると、彼はおそるおそる、手を伸ばしてくる。

「カナメか？」

こくこくこく。必死にうなずく。

「カナメだな？」

「にゃあにゃあにゃあ」

返事をするカナメを、ロンユーは腕に抱き、夜着の懐《ふところ》に入れた。

翠雨苑のロンユー真君《しんくん》に仕える侍女たちは、主君の足音でご機嫌がわかる。

この一年、ロンユーの足音は、常に踊っているかのようだった。

昨日は、正妃であるカナメ様と共寝をされていた。

いたしたのであれ、戯《たわむ》れただけであれ、どちらにせよ、朝にはたいそうなご機嫌で起きてくるであろうと推測した。

が。

だんだんだん！

響きの強い足音がした。

いったい、なにごとか。

宿直《とのい》の部屋で侍女たちが立ち騒ぐ。

だいたいが、ロンユーは普段であれば、警護の者にことづけて侍女を呼ぶ。それが、このような夜中に、自ら宿直の間にやってくるとは。

宿直の間に控える全員が、緊張した。

扉が開く。

ロンユーは夜着のままである。高貴な者としては、下帯一丁にも等しい姿だ。

「真君……！」

彼は言った。

「カナメが」

カナメ様がどうされたというのだろう。みなが、真君の次の言葉を待っていると、ひょっこり、夜着の懐から黒い子猫が顔を現した。

なんだかすまなそうな顔をしたその猫は、「にゃあ」と一声か細く鳴いた。

官僚が住む右《みぎ》の宮から急遽《きゅうきょ》、仙王《せんおう》の私室のある左《ひだり》の宮に呼ばれたホンイエンは、呆然《ぼうぜん》と
ロンユーに抱えられた子猫を見る。

「ほんとうに、ほんとうに、カナメ様なのですか」

「俺が、このような美猫を見間違うと思うのか」

全員が思った。この猫がカナメなのか。わかる者はここにはいない。だが、真君の反応からわかる。

うん、間違いない。この猫は、カナメ正妃だ。

「それにしても、どうして、このようなことになったのでしょう」

ホンイエンは文章《もんじょう》博士に訊《たず》ねる。文章博士は、この夜中に呼び出され、冠がずれたまま駆けつけてきていた。

「私にも、わかりかねますが。カナメ様がこちらの世界にお渡りになられてから、ちょうど一年。これは、言わば、天帝《てんてい》よりのありがたい賜《たまわ》り物なのではと」

ロンユーがつぶやく。

「さぷらいず、か」

「ロンユー真君。なんと?」

「いや、ホンイエン、なんでもない。そうか。天帝よりの賜り物であるとしたら、ありがたく受け取るしかなかろうな」

「うにゃん」

猫カナメが、まるで会話をわかっているように、ロンユーの顔を振り仰ぐ。尻尾が不安げに揺れている。ロンユーは、優しくその猫に語りかける。

「どうだ、カナメ。こちらの話すことは理解しているか？」

「にゃにゃん」とカナメが答える。

「おそれながら」

文章博士が、進言する。

「猫の口蓋《こうがい》は、人の言葉を話すようにはなっておりません」

猫カナメは、ロンユーに抱かれたまま、悔しそうに尻尾をパタパタさせている。わかっているのに、伝えられないのが無念であるようだった。

「ふむ」

ロンユーが、考え込んでいる。

「では、『はい』のときは『にゃあ』、『いいえ』のときには、『あおーん』でどうだ？」

猫カナメが答える。

「にゃあ」

「ふむ、やはりカナメは、猫になっても賢いのだな」

ロンユー真君は破顔する。

「みなを夜中に起こして悪かった。俺とカナメは寝室に戻る。悪いのだが、以前、正妃が猫であったときに使っていた諸々《もろもろ》の品を、持ってきてくれ」

カナメは落ち込んでいた。

天帝って、やっぱり意地悪だ。あんなに、昨日まで楽しかったのに。また猫に姿を変えられちゃって。

ロンユーは、カナメのために、丸い猫用の寝床を衝立《ついたて》の陰に用意してくれた。

それを見たカナメは抗議する。

「あおーん」

ロンユーの寝床に上がると、たしたしと前足で叩く。そして、「にゃあ」と鳴いた。

「もしかして、一緒に寝たいのか？」

「にゃあ」

ロンユーはじっとカナメを見ていたが、深く息を吐いた。

「カナメ。おまえは子猫だ。こんなに小さい。起きている間なら、俺も気をつけることができる。だが、寝入ってしまっては、万が一にも、おまえを傷つけることになるかもわからない」

ロンユーはそう言うと、カナメの寝床を寝台のかたわらの床に置いた。そして、カナメを抱き上げ、そこに入れる。

「カナメ。こちらで勘弁してくれぬか。明日は、もっといいようにするゆえ」

「おやすみ」と言うと、ロンユーはそのまま寝床に入ってしまった。

言いたいことはわかる。わかりすぎるほど、わかる。

人間のときでさえ、ロンユーが本気でのしかかってきたら、カナメは身動きできない。だが、いくら重くても、こちらが人の身体で、下に寝床があれば、そうそう、潰れたりはしない。

だが、子猫の身なれば、ロンユーの重みを受けたら、ただではすまない。

わかっている。わかっているのだ。自分は別の寝床で寝るしかないのだ。

理解しているからこそ、悔しくて、悲しい。そして、寂しい。

こんなに近くにいるのに、ロンユーが遠い。

「ふみー」

カナメはロンユーを恋《こ》うて鳴いたが、ロンユーはもう、起きてはくれなかった。


朝、目覚めた。けれど、カナメはもとのままだった。

絶望がカナメを襲う。

「さ、朝ごはんにしようか。カナメ」

ロンユーは常と変わらぬ穏和さだ。自分が猫になってしまって、寂しくないのだろうか。

ロンユーは、平然と食事をしている。

彼の匙《さじ》に赤いものがのったのをカナメは見た。きっとあれは、辛《から》いだろう。

そういえば、前に人間に戻ったときには、辛いものを口にした直後だった。

今回も、辛いものを食べたら元どおりにならないだろうか。

そう思って、カナメは卓に上るとその赤いものを口にした。

——うう、から……——

辛く、ない。

ぱたっとカナメの口からそれが落ちた。

——トマトみたいな味がする……。

そして、もちろん、カナメは猫のままだった。

うつむいている猫カナメに、ロンユーは聞いた。

「もしかして、辛いものを食べたらもとに戻ると思ったのか？」

「にゃあ」

「そうか。だがな、それを試すのは最後にしようか。あまりに辛いものは、猫の身体にさわるであろう」

ロンユーは、カナメを抱き上げた。

「庭を散策しようか、カナメ」

「にゃあ」

カナメは、もそもそとロンユーの懐に入り込む。

すっかり、ここが定位置となっている。とても、落ちつく場所。ロンユーも一年のブランクなどなかったかのように、カナメのことを慣れた手つきで撫《な》でている。

ロンユーの懐に入ったまま、睡蓮《すいれん》の池を散歩する。

空は晴れている。

ということは、ロンユーは機嫌がいいということだ。青龍国《せいりゅうこく》の天気は、ロンユーの気持ちひとつで決まる。だいぶ、コントロールできるようになったらしいけれど、やはりそこは、人間。気分で、晴れたり曇ったりする。

「カナメは、人に戻りたいのか？」

「にゃあ」

「このままでは、いやなのか？」

「……」

猫としては、不満はない。おいしいごはん。ロンユーは可愛がってくれるし、みなも親切だ。けれど、それが、人としては困る。

カナメは、してもらうばかりだ。

猫であれば、受け入れられるのだろうが、あいにくと、カナメは人間だ。心苦しくもなるし、してあげたい気持ちが満足しない。

ロンユーのために、絵を描きたい。それを二人で見ながら、話をしたい。

それから、ロンユーのお世話をしたい。

仙王の身だしなみは、侍女の仕事であったが、カナメは異界の出身であるし、ロンユーは貴族とはいえ元は一介の武人である。二人は、通常の夫婦のように、睦《むつ》まじく互いにふれることを好んだ。

最近では、ロンユーの赤みがかった美しい髪を梳《す》くのが、カナメのお気に入りだった。まるで野生の獣がくつろいでいるかのような、ロンユーの表情を見ていると、喜びがこみ上げてきたものだ。

愛する人の心地よさを自分が引き出しているというのは、なんという愉悦であったのだろう。

「ふみー……」

人に戻りたい。やってあげたくても、猫カナメでは、しょせん猫の手。櫛《くし》も持つことができない。

しょげている気持ちを察したのか、カナメを懐にしたロンユーは言った。

「カナメ。猫のカナメも、人のカナメも、どちらもカナメであろう？　猫であるなら、猫として可愛がろう。人であるなら、夫として誠を尽くそう。それだけだ」

ロンユーは、おとなだなあとカナメは思う。

もしかして、ロンユーはカナメが猫のほうがいいのだろうか。

可愛い子猫であったほうが、彼には嬉《うれ》しいのだろうか。

カナメの心はますます沈んでいくのであった。

その晩は、カナメはロンユーのかたわらに小さな寝台を並べ、その上に寝床を置いてもらい、就寝することになった。

「おやすみ、カナメ」

ロンユーは、そう言ってカナメを撫でてくれた。

ロンユーは、あいかわらず、優しい。

猫カナメにまた会えて、満足しているのかな。このままのほうが、ロンユーは喜ぶのかな。

――ぼくは、人間に戻りたいのに。

しょんぼりとしながらも、カナメは丸くなって寝る態勢を整える。ロンユーは静かだ。すでに寝入ったようだった。

寝顔が見られるだけ、昨晩よりましだけど。だけど、もっと近くに行きたいよ。あなたを感じながら眠りたいよ。

「みー……」

カナメは情けない声をあげる。

なかなか寝つけないまま、夜は更けていく。

そういえば、ゆうべは、このくらいの時間に目が覚めたんだった。

――ん？　んん？

なんだ、このもぞもぞする感じ。

——んんんっ？

かーっと全身が熱くなった。と思うと、カナメの身体は、丸い寝床からはみ出していた。白い夜着を身につけている。手をグーパーしてみる。人間だ。人間の手だ。頬にふれる。

「もど……ってる……？」

「カナメ！」

いつの間に起きたのか。いきなり、ロンユーに強く抱きしめられた。

「ロンユー……？」

「よかった……よかった——！」

ロンユーはもしかして、猫カナメのほうがよかったのかな、なんていう疑問は、彼の力の強さと、かすれ声の前に霧散してしまった。

「再び、人のそなたをこの手に抱き、その声が聞けるとは」

「そう、なの？」

カナメは、そうっと、ロンユーを抱き返す。したくて、たまらなかったことのひとつだ。

「ロンユーは……平気なのかと思っていた……」

「平気でなど、あるものか。そなたに、よけいな心労をかけたくなかったのだ。寂しかった。寂しくてたまらなかった」

そうか。ロンユーは、カナメが気にしないようにと、平気なふりをしてくれていたんだね。ロンユーらしいや。そして、そういうロンユーが今まで以上に大好きになったよ。

「ロンユー……」

人の肌だからか。ロンユーのカナメを求める心が伝わり、カナメの身体が官能という磁気を帯びる。

「ねえ、ロンユー。人じゃないと、できないことがしたいよ」

「俺もだ」

ロンユーは身体を離す。彼の顔を見る。泣き笑いの表情をしていた。

「カナメ。おまえを確かめさせてくれ」

そう言って、彼はカナメの身体をさらい、自分の寝床に横たえる。そこは、人間のカナメにだけ、許された場所だ。

「ロンユー……好き……」

彼の口づけを受けながら、カナメは今日はロンユーにたくさん、してほしい、そして、自分もたくさんもてなしてあげたいと願うのだった。

あとがき

百葉界は青龍国にようこそ！
ナツ之えだまめです。

今年の夏は暑かったですね。それなのに、いきなりクーラーと、続いて浴室給湯器が壊れて、文明の利器のありがたみを知りました。そんな中、睡蓮の池が広がるこの世界のことを書いていると、気持ちだけでも涼しくなってくれて、なかなかに快適でした。

さて、今回のお話はですね。「そろそろ、次のお題が欲しいなあ」という私のつぶやきに、「中華BLなんてどうでしょう」との編集さんのお言葉で始まりました。

中華……うう。中華……。資料など読んでみたのですが、深すぎてよくわからず。結局は自己流で「俺の考えた、超かっこいい中華世界」を作ってしまいました。なんちゃって中華なので、深いツッコミはなしでお願いします。

これ、最初は、カナメは学生服姿のまま、落ちてくる予定でした。しかし、なんだかうまくロンユーと馴染んでくれず、「うーん」と頭を抱えていたところ、好きなバンドの歌が耳に入りました。それは、猫側からの歌なのですが、めちゃくちゃ可愛いのですよ。それを聴いたときに、ロンユーと猫カナメに変換され、物語が動きだしました。

石田惠美先生、ありがとうございます。
ロンユーの入浴シーンのラフをいただいたときに、「髪をほどいてください」とお願いした、わがままな私です。そして、本文を書き直しました。だって、見たかったのです。さらに素敵に色っぽいロンユー真君を。この美丈夫のロンユーが、猫カナメを撫で撫でしているのかと思うと、ニヤニヤしちゃいます。

担当様。
お付き合い、感謝です。どうして、物語の穴がわかるのでしょう。おかげさまで、今回もお話を取って来れました。

そして何よりも、読んでくださったあなたに。深くお礼申し上げます。物語は、読者さんの心にふれて完成するのです。
また、物語でお目にかかりましょう。

ナツ之えだまめ

✦初出　異世界で仙王の愛され猫になりました……………書き下ろし
正妃、猫になる……………………………………………書き下ろし

ナツ之えだまめ先生、石田惠美先生へのお便り、本作品に関するご意見、ご感想などは
〒151-0051 東京都渋谷区千駄ヶ谷 4-9-7
幻冬舎コミックス　ルチル文庫「異世界で仙王の愛され猫になりました」係まで。

幻冬舎ルチル文庫

異世界で仙王の愛され猫になりました

2023年11月20日　第1刷発行

✦著者　ナツ之えだまめ　なつの えだまめ

✦発行人　石原正康

✦発行元　株式会社 幻冬舎コミックス
〒151-0051 東京都渋谷区千駄ヶ谷 4-9-7
電話 03(5411)6431［編集］

✦発売元　株式会社 幻冬舎
〒151-0051 東京都渋谷区千駄ヶ谷 4-9-7
電話 03(5411)6222［営業］
振替 00120-8-767643

✦印刷・製本所　中央精版印刷株式会社

✦検印廃止

ISBN978-4-344-85337-9　C0193　Printed in Japan